suhrkamp taschenbuch 997

Marianne Gruber, 1944 in Wien geboren, studierte mehrere Semester Medizin und Psychologie bei Viktor Frankl. Sie veröffentlichte bisher Kurzprosa, Gedichte und Essays.

Eine unheimliche Stadt, in der Menschen gequält von Lärm und von bürokratischen Institutionen nur in Glaskugeln überleben können, ist der Schauplatz dieses Romans, in dem die Science-fiction zur beklemmenden und spannenden Aktualität wird. Im Mittelpunkt der Handlung steht ein junger Mann, der – wie alle Bürger der Stadt – isoliert in einer gläsernen Kugel lebt, abgeschnitten von allem, was menschliches Leben ausmacht, ohne Identität, ohne die Möglichkeit, die Straßen zu betreten, denn dort herrscht todbringender Lärm. Ein Gefangener. Doch einer, der sich mit dieser Situation nicht mehr zufriedengeben will; der plötzlich weiß, daß es ja einmal anders gewesen ist, daß es ein Land der Verheißung jenseits dieser mörderischen Stadt gegeben hat, daß Freundschaft und Liebe da waren, Menschen und nicht beamtete Maschinen.

Bei diesem Zurücktasten in die Vergangenheit kommt ihm unerwartet Hilfe. Sein eigenes Gewissen drängt ihm eine schmerzliche Erkenntnis auf: Schuld und Versagen liegen in ihm und seinen Leidensgenossen in den gläsernen Kugeln selbst. Aus Angst vor eigenen Entscheidungen sind sie gehorsame Bürger geworden, die das eigene Ich ausgelöscht haben.

Marianne Gruber
Die gläserne Kugel

Utopischer Roman

Phantastische Bibliothek
Band 123

Suhrkamp

Redaktion und Beratung: Franz Rottensteiner
Umschlagzeichnung von Tom Breuer

suhrkamp taschenbuch 997
Erste Auflage 1984

Lizenzausgabe mit freundlicher Genehmigung des
Verlags Styria, Graz Wien Köln
Suhrkamp Taschenbuch Verlag

Satz: IBV Lichtsatz KG, Berlin
Druck: Ebner Ulm · Printed in Germany
Umschlag nach Entwürfen von
Willy Fleckhaus und Rolf Staudt

1 2 3 4 5 6 – 89 88 87 86 85 84

Meinen kostbaren Freunden

Es ist jedesmal das gleiche Erwachen: Lärm. Und sofort, noch ehe ein Begreifen möglich ist, versinken alle Erinnerungen im Getute, Tuckern und Heulen in den Straßen, in den Wortfontänen der hohltönenden Lautsprecherwagen, die ununterbrochen die Stadt abfahren, von morgens bis abends herumfahren und herumfahren und herumfahren, die in der Stadt wie die Nadel auf einer Schallplatte mit Sprung kreisen und uns zu erinnern versuchen. Obwohl niemand mehr weiß, woran. Obwohl keiner mehr versteht. Nur ich weiß noch, daß es Worte sind, die in die Hohlräume zwischen den Häusern gepreßt werden. Was sonst als Worte, dieses Gift, deren Lärm sich wie eine Eisenklammer um den Kopf legt, in die Poren der Haut dringt, in den Körper, in jede einzelne Gehirnzelle, um dort alle Eindrücke zu löschen.

Ich sage löschen. Ich meine löschen. Auch verwirren. Um das Gewirr der Neuronen schlingen sich Lärmkaskaden, verknoten deren freie Enden zu immer neuer Verwirrung. Und dann, wenn sie ihrem Höhepunkt zustrebt, wenn sich schon wieder so etwas wie Erlösung erwarten ließe durch ein absolutes Chaos, dann kann es geschehen, daß ein jäh aufbrechender Sirenenton das Netz aller Verwirrungen wie den Gordischen Knoten durchtrennt. Eben noch vor den rettenden Toren eines vollkommenen Nichts, eben noch vor dem Versprechen, daß es keine Fortsetzung mehr geben wird, landet eine Information. Aber sie landet in einer Sackgasse ohne Verbindung zu anderen Informationen und ohne Ausweg. Ein Gehirn aus Blinddärmen. Alte Wege brechen einfach ab. Neue finden sich nicht mehr. Weder im eigenen Kopf noch in der Stadt, die vor Menschen und Geräuschen überquillt, jederzeit bereit, in einer plötzlich aufbrechenden Explosion sich selbst bis an die äußerste Grenze zu verschlingen; einer Explosion im Kopf, mühsam von der Schädeldecke eingegrenzt. Jeden Morgen. Jeden Morgen die gleiche Prüfung. Jeden Morgen die Entdeckung des gleichen Unvermögens, den wüst eindringenden Geräuschen wenigstens irgendwie zu begegnen, um etwas wahrzunehmen, das Gestalt hat. Oder Ton. Tongestalt. Aber diese Stadt bleibt ohne Konturen, ohne Himmelslinie, ein Brei aus Lärm.

Ja, draußen. Draußen ist das Land, außerhalb der Schädeldecke, außerhalb der Stadt. Aber in diesen Tagen der Verwirrung sind Passierscheine für das Land rar geworden. Man muß seine Identität nachweisen, wenn man es betreten will. Die Hüter der weiten, nahezu menschenleeren Ebenen, von denen der Dichter Styx im siebenten oder einem anderen Vers aus dem großen Buch der Träume erzählt, bestehen darauf. Sie fürchten die Infektion der Verwirrung ebenso wie die Irrungen der Stadtbewohner, deren Zahl in kosmischen Dimensionen gemessen wird. So verlangen sie den Nachweis unserer Identität wie einen Ahnenpaß der Vernunft, eine Art Seuchenfreiheitsschein unserer Entwicklung, eine Impfkarte gegen den Irrsinn, eine Form von Existenzberechtigungsnachweis. – Schamloses Gesindel. – Aber was soll's. Identität ist eine Angelegenheit von Erinnerungen, lückenlosen Erinnerungen und deren sinnvoller Verknüpfung untereinander. Beides verweigert sich uns in zunehmendem Maße. Man betritt die Straße und weiß von nichts mehr. Man kann seine Gedanken nicht mehr ordnen. Der Lärm frißt alles.

Der Lärm ist wie Dunkelheit bei aufgedrehten Lichtern, und obwohl ich ihn seit Jahren kenne, falle ich noch immer auf ihn herein. Man sollte meinen, daß sich der Zustand des morgendlichen Überraschtseins mit der Zeit abnützt. Falsch. Völlig falsch. Es ist seit Jahren das gleiche Erwachen: Ich lege meine Ohren frei und denke: los. Draußen. Nachschauen. Was und wie? – Was den Irrwitz des Erwachens noch steigert: einen Tag mit Fragen beginnen. Natürlich lauern sie in meinem Kopf gerade zu dieser Stunde. Völlige Stille, wie sie in meiner schallisolierten Glaskugel herrscht, Stille, die sich wie ein Panzer anpreßt und mich sofort nach dem Erwachen wieder zunähen möchte, zurückdrängen in den eben beendeten Zustand der Abwesenheit bei durchaus intakter Anwesenheit, fordert Fragen nahezu heraus. Was und wie, alles Theorien von Erwartungen. Als ob ich nicht schon wüßte. Diesmal nicht, denke ich, ich kenne die Fragen im voraus, im voraus zu wissen, bedeutet, besser gewappnet zu sein, und jedesmal reicht der Satz aus, meine Aufmerksamkeit zu stören. Was heute, denke ich sofort weiter, und ich bin schon dabei, die Luftschleuse meiner Glaskugel zu öffnen. Und da ist er: Lärm. Wie ein Schlag ins Gesicht.

Seit wann sich die Stadt in diesem Zustand befindet, weiß ich nicht. Seit der Stunde Null, hat man mir einmal, ich weiß nicht wann, gesagt, jedenfalls ernsthaft versichert. Damals soll ein Gesetz erlassen worden sein, das die weitere Ausdehnung der Stadt untersagte und ihren Bewohnern das Betreten des Landes nur unter bestimmten Voraussetzungen gestattete. Ein Sperrgürtel wurde angelegt, Passierscheine wurden eingeführt. Wer die Stadt verlassen wollte, und wenn auch nur für einen Tag, mußte ab nun seine Identität nachweisen. Aus irgendeinem Grund akzeptierte man aber unsere Ausweise als Identitätsnachweis an den Grenzstationen nicht. Andere Papiere bekamen wir nicht, und so wurden die Ansuchen allesamt mit dem Hinweis, daß wir über keine gültigen Dokumente verfügten, abgelehnt.

Zuerst schien dieser Zustand niemanden zu irritieren. Die Versorgung der Stadt war vom Land her durch Verträge garantiert worden. Man erwartete daher keine größeren Probleme. Aber die Bevölkerung wuchs weiter. Man begann höher zu bauen. Die Zeit der Hochhaussilos brach an. Dann weigerte man sich von seiten des Landes, die Zulieferungen in die Stadt entsprechend der wachsenden Bevölkerungszahl zu erhöhen. Auch Fertigprodukte wurden keine mehr geliefert. Man stellte Nahrungsmittel und Rohstoffe in einer bestimmten Menge an den Übergabestellen ab und verstärkte den Ring um die Stadt.

Wir gingen dazu über, Bezugsscheine auszugeben und bauten unsere eigenen Fabriken. Bald war in jedem Keller eine Maschine untergebracht, die irgend etwas erzeugte, und der Lärm in der Stadt wuchs. Die Bauweise der Wohnungen mußte geändert werden. Die alten Schallisolierungen erwiesen sich immer deutlicher als unzureichend. Kugeln kamen in Mode. Kugeln für Einzelpersonen oder Gruppen, auch das gibt es bei uns. Sie sind angeblich besser belastbar. Ich meine, sie halten mehr Krach aus, ehe sie zusammenbrechen. Bestimmungen für das Betreten der Straßen wurden ausgearbeitet. Wir waren inzwischen so viele geworden, daß es in den Straßen zu Stauungen kam, wenn die Leute ohne Plan ausgingen. Ein Teil der Bestimmungen regelte die Ausgangszeiten, ein anderer das Wie, die vorgeschriebene Ausrüstung für das Verlassen der Wohnung.

Hatte man es zur Zeit der Stunde Null auf den Straßen noch ohne besondere Schutzvorrichtungen eine Zeitlang ausgehalten, so benötigte man bald amtlich genormte, überprüfte Lärmschutzkappen. Zuerst um die Ohren, später um den ganzen Kopf. Und nun – besser erst gar nicht hinausgehen. Über der Stadt soll eine Lärmglocke hängen, die je nach Wetterlage auch nachts, wenn die meisten Maschinen stillgelegt sind, unsere Worte zurückwirft, so daß es noch Stunden nach dem Inkrafttreten der allnächtlichen Ausgangssperre in den Straßen summt und dröhnt. Vor allem im Zentrum der Stadt. Dort soll es am schlimmsten zugehen. In den engen Gassen spielt der Schall Pingpong, bildet Wirbel, und es kommt jeden Tag einmal vor, daß irgendein Gebäude unter dem Dröhnen zusammenbricht. Daher werden seit Monaten für das Betreten des Zentrums ebenfalls Passierscheine ausgegeben. Unabdingbare Notwendigkeiten sind die Voraussetzung für die Erlangung eines solchen Papieres, um in den innersten Kreis zu gelangen, in dem einem Gerücht nach alles seinen Anfang genommen hat.

Wer heutzutage eine längere Wegstrecke zurücklegen will und dafür einen ausreichenden Grund vorweisen kann, benützt die schallisolierten Panzerfahrzeuge, die einerseits die Bürger dieser Stadt von einem Ort zum anderen bringen und dabei über Lautsprecher Erinnerungen zurufen, andererseits orientierungs- und bewußtlos gewordene Menschen auflesen und wieder nach Hause transportieren. Daher kein Ausgang ohne deutlich sichtbar auf die Brust geheftete Identitätskarte. Lärmschutzkappen sind ebenfalls Pflicht. Der Lärm läßt sonst die Trommelfelle platzen, ehe man begreift, was geschieht. Blut tritt aus Mund- und Nasenöffnungen. Ich habe das einmal gesehen: ein Selbstmörder, der auf die Straße gelaufen war, weil er offensichtlich keine andere Möglichkeit gefunden hatte, sich umzubringen. Eine häßliche Todesart. Aber wir leiden Mangel. Es ist nicht zu erwarten, daß sich jederzeit ein Strick, und wenn schon ein Strick, dann nicht auch noch ein fest verankerter Haken findet.

Die Landbevölkerung besteht aus Abtrünnigen, steht im Lexikon, und die Leute in der Stadt sagen: aus Verrätern, die ihr Haus auf unsere Kosten rein halten, ihre Lebensbedingungen auf unsere Kosten verbessern. Der Zorn ist verständlich, aber ich erinnere mich, daß irgend jemand einmal zu mir gesagt hat, er wäre unberechtigt. Man dürfe nicht alles dem Land in die Schuhe schieben. Wir hätten einfach verlernt, hinauszugehen, das sei unser wahres Problem. Wenn ich mich nur an den Menschen erinnern könnte, der das gesagt hat. Oder habe ich es gelesen?

Wie auch immer, all diese Erklärungen erklären nicht die Stunde Null. Sie geben keine Auskunft darüber, wie es zu den Verträgen kam, die uns hier einschließen und festhalten. Ich glaube, man wollte uns einfach loswerden, aber die gesetzlichen Grundlagen haben für eine radikalere Lösung nicht ausgereicht. Möglicherweise waren irgendwelche Rücksichten zu nehmen. Dafür sprechen auch die unklaren Bestimmungen bezüglich der Vorschriften zur Erlangung eines Passierscheines. Was genau die Kontrollore an den Übertrittsstellen von uns verlangen, ist nie bekannt geworden.

Mir scheint, man hat für die Erlangung eines Passierscheines Bedingungen festgelegt, die bisher niemand erfüllen konnte, weil sie keiner kennt. Sollte es jedoch einmal zu Protesten kommen, kann man darauf pochen, daß alles nicht so schlimm sei, daß es sehr wohl gewisse Möglichkeiten gebe, wenn man sie zu nützen wisse.

Tatsache ist, daß seit der Stunde Null kein Stadtbewohner mehr das Land betreten hat, ausgenommen ein paar Flüchtlinge, von denen hin und wieder berichtet wird. Seit damals wissen wir nicht einmal mit Sicherheit, ob das Land noch existiert. Es könnte von einem riesigen Vakuum aufgesaugt worden sein, von einer unendlichen Leere, in der die Nächte kalt sind und sternendurchglüht und die Tage heiß und sonnenverbrannt. Egal. Ich meine, es ist ohne Bedeutung für meine Zukunft, ob sich der Begriff der Stunde Null klären läßt oder nicht. Er scheint mir außerdem reichlich übertrieben. Er bedeutet, daß der Zustand der Stadt ohne Genesis eines Tages kugelblitzartig aus dem Nichts hervorgetreten ist. Als eine Art Katastrophe. Etwas, wofür niemand kann. Aus dieser Sicht lehnt die Stadtverwaltung jegliche Verantwortung völlig zu Recht ab. Tot oder lebend – das ist Zufall. Nach dem eigenen Leben zu greifen, um es zu begreifen, scheint in jedem Fall unmöglich. Für Schicksal gibt es keine Erklärung und folglich auch keine Gegenmaßnahmen.

Jedenfalls wohne ich hier, in diesem Dilemma, in einer schallisolierten Glaskugel. Fenster gibt es keine, was sich von selbst versteht. Die einzige Öffnung ist eine Schleusentüre, die von innen und außen in gleicher Weise geöffnet werden kann. Man drückt einen Knopf, und die Türe gleitet zur Seite.

Ich weiß nicht genau, seit wann ich hier wohne. Vier, fünf Jahre etwa, das entspricht der Schmutzschicht an der Außenwand. Die Stadtverwaltung läßt jede Glaskugel bei Neubezug reinigen. Manche Bewohner wiederholen diese Prozedur der Reinigung in regelmäßigen Abständen. Es gibt Glaskugeln, die glänzen immer, aber ich habe bisher darauf verzichtet. Das geht leicht. Man schickt die Gutscheine für die Reinigung an den zuständigen Magistrat zurück. Energie- und Rohstoffersparnis. Das ist der Grund, warum man mit einer verschmutzten Glaskugel Lob einheimsen kann.

Mir ist beides gleichgültig: das Aussehen der Kugel und das Lob der Stadtverwaltung. Wenn ich den Zustand äußerer Verschmutzung bestehen lasse, kann ich nicht nach draußen sehen, aber es sieht auch niemand herein. Es erfährt niemand, daß hier ein Mann wohnt, ein verhältnismäßig junger Mann und allein.

Egal. Unser Problem ist nicht das Sehen, sondern der Lärm. Und mein Problem im besonderen ist Amir. Natürlich, das war es, was mich erwachen ließ. Die Rohrpost, fast noch in der Nacht. Dieses Plopp, das entsteht, wenn eine Kapsel in den Fangkorb fällt. Die meisten Wohnkugeln sind untereinander durch unterirdische Rohrpostleitungen verbunden. Das ist der Weg, auf dem uns sonst das Propagandamaterial der Stadt erreicht, vor allem die neuesten amtlichen Mitteilungen.

Eine seltsame Sache, dieser Brief. Irgendein Mensch namens Amir schreibt darin, daß er mich kennt, und das macht mich neugierig. Woher kennt er mich? Kenne ich mich etwa? Jedenfalls hat er mich zu sich eingeladen. Verrückt. Vor allem der Adresse wegen. Eine Gasse aus dem Zentrum der Stadt. Alle Welt weiß, daß keine Chance besteht, eine Besuchserlaubnis für das Zentrum zu erhalten. Derlei Einladungen sind kaum mehr als eine Geste, ziemlich wertlos. Nicht ganz wertlos für den einen oder anderen, wenn er Beziehungen hat. Dann kommt er schon zu einem Passierschein, aber wertlos für mich.

Ich verfüge über keinerlei Beziehungen zu irgend jemandem oder irgendwohin, und ich glaube, daß das gut ist. Es entspricht genau dem, was ich mir vorgenommen habe: ein Mensch für mich zu sein. Das vermag man nicht, wenn man Beziehungen aufbaut und auf die Straße geht, obwohl so etwas sicher seinen Reiz haben kann. Aber der Mann – ich denke, daß es sich um einen Mann handelt – weckt meine Neugier mit seiner Behauptung, mich zu kennen. Wenn es sich nicht um einen Irrtum handelt. Eine Verwechslung der Adresse oder eine Verirrung im Rohrpostnetz.

Ich sollte der Angelegenheit vielleicht doch nachgehen, ehe ich sie vergesse. Vergessen kann ich sie immer noch. Später. – Wenn sich die Erinnerung nicht lohnt und zu vergessen das einzige ist, das zu tun bleibt.

Ich muß eingeschlafen sein. Ich muß wieder eingeschlafen sein. Wahrscheinlich war ich nachts wach. Ich erinnere mich nicht. Ich liege auf meinem Bett und schaue auf das Eßpaket neben der Schleusentüre. Unausgepackt. Gefrühstückt habe ich also nicht.

Das letzte, dessen ich mich entsinne, ist das Wort Anfang. Eine hoffnungslose Voreingenommenheit. Von möglichen oder tatsächlichen Ausgangspunkten ist nichts Sicheres bekannt. Alles Gerücht. Nichts nachweisbar.

Man muß versuchen, dem Lärm ernsthaft entgegenzutreten, auch wenn sich das hinterher als vergeblich erweist, denn in dieser Stadt, die der Teufel holen soll, ist Widerstand nahezu unmöglich geworden. Ich will nicht sagen: ganz unmöglich. Das zu behaupten verlangte nach einer Sicherheit, die in meiner Situation geradezu lächerlich wäre. Der Lärm, dieser Lärm ist nicht nur Dunkelheit bei voller Beleuchtung, er stellt eine Art innerer Blindheit dar, die, sollte man meinen, erlaubte, mit einem gewissen Wohlbehagen zu leben. Auch das erweist sich als Irrtum. Der Lärm durchbricht den Lärm und stört alles.

Ich hatte irgendein Problem mit dem Wort Anfang. Man sollte sich solche Dinge notieren, obwohl es sich selbstverständlich um keine Dinge handelt. Vielleicht besitze ich irgendwo eine Notiz. Falls ich heute schon einmal auf war und bis zum Schreibtisch gegangen bin. Fest steht, es ist HEUTE. Im anderen Fall lägen zwei unberührte Eßpakete neben der Schleuse. Es liegt aber nur eines dort. Tatsächlich, ich sehe es genau. Der Mann, der es in die Glaskugel geschoben hat, muß mich schlafend vorgefunden haben. Wenn schon. Schlaf bei Tag ist nicht verboten.

Ich will mir nichts vormachen. Selbstverständlich könnte ich darauf pochen, daß ich mich schon noch im Laufe des Tages, heute, oder in der Nacht oder morgen oder morgen in der Nacht oder übermorgen erinnern werde, aber mehr als Höflichkeit gegen mich selbst wäre das kaum. Ich will mir nichts mehr vormachen. Der Morgen hat etwas Radikales an sich. Vielleicht ist es aber nur die Erinnerung, die ich erinnern sollte, die diesen Eindruck der Radikalität hervorruft. Ich sage mir: Mit leerem Magen sollte man nichts anderes versuchen, als zu essen. Verwirrung ist üblich. Aber dieses Ausmaß, nein, diese Weise sprengt die Gewohnheiten, und das ist peinlich.

Also doch: etwas Radikales an diesem Morgen oder an der zu erinnernden Erinnerung oder an der Verbindung von beidem. Dieses Mal, denke ich, werde ich noch mit allem fertig werden, wenn ich esse. Schlimmer wird es morgen werden und auch in den folgenden Tagen. Es gibt kein Anzeichen dafür, aber auch keines, das dagegen spricht. Und was die Zeichen betrifft, die heimlichen und lauten, die übersehenen und wahrgenommenen, die wesentlichen und unwesentlichen, die wahren, falschen, erwünschten, unerwünschten, ersehnten, befürchteten, peinlichen, stolzen Zeichen, so will ich mir auch diesbezüglich weder Erwartungen erlauben noch mich irgendwelchen Hoffnungen hingeben, daß am Ende anderes stehen wird als einer jener lächerlichen Irrtümer, der mich sofort, im Augenblick des Sichtbarwerdens, veranlaßt, nach einer vernünftigen Erklärung zu suchen, ihn zu rechtfertigen, womöglich ins Gegenteil zu verkehren.

Nein, ich will nichts mehr beschönigen. In meiner Situation wäre das absurd. So unter Verschluß stehend, wie in einem Einsiedeglas. Hermetisch. Draußen der Lärm und was sonst noch, was weiß ich, was sonst noch, kein Mensch weiß, was sonst noch draußen, und hier herinnen Stille, das ist alles. Manchmal herrscht auch hier herinnen Lärm, davon später, das erzähle ich vielleicht später, erzähle ich mir, oder...

Ich, in meiner Situation, habe es nicht nötig zu beschönigen, auch wenn das früher einmal ein hübsches Spiel gewesen ist. Ich will nicht mehr spielen. Ich meine, nicht mehr so wie früher, nicht das übliche So-als-Ob. Das ist zumindest ein Vorsatz, auch wenn ich bezweifle, daß ich, so voll Übung im Beschönigen, jeder Versuchung widerstehen werde.

Vielleicht liegt es aber auch nur an dem Entsetzen, das mich heute morgen beim Blick in den Spiegel erfaßte. Ich habe vor meinem Bett einen Spiegel angebracht, der mir erlaubt, mich sofort nach dem Aufwachen zu erblicken. Es ist manchmal angenehm, nach dem Erwachen einen Menschen zu sehen, der gleichzeitig kein Fremder ist. Schließlich sehe ich mich. Aber es gibt offensichtlich Augenblicke, in denen man die Entdeckung seiner selbst tunlichst vermeidet.

Ein solcher Augenblick muß mich heute beim Erwachen überrascht haben. Ich habe nie mit ihm gerechnet. Ich habe ihn nicht einmal für möglich gehalten. Auf mich, dachte ich, bin ich immer gefaßt. Und doch gibt es ganz offensichtlich Momente, in denen man sich die Wahrnehmung der eigenen Person besser erspart, weil man sonst sein Spiegelbild nur noch ermorden kann. Aber wen ermordet man da? Das Bild im Spiegel bildet sich im eigenen Kopf ab, was bedeutet, daß der Kopf zerstört werden müßte, wenn das Bild vernichtet werden soll. Denn das Bild ist im Kopf – das muß man sich einmal vorstellen –, die ganze Welt ist im Kopf oder nirgends, im Kopf ist alles, gleichgültig, wo es sich tatsächlich befindet. Alle Bilder nur im Kopf, immer nur dort, immer nur in uns, immer nur wir, und wir und wir, und der Kopf muß fallen, rollen, von den Schultern fliegen, nach allen Seiten zerfliegen, wenn die Bilder zu Ende sein sollen. Es ist nicht wichtig, was danach kommt. Es ist nichts wichtig. Die Befreiung von den Bildern muß stattfinden. Heute, morgen, übermorgen, irgendwann, später. Heute noch nicht. Für heute muß es genügen, den Spiegel zu verhängen.

Ich stehe doch endlich auf. Ich bücke mich nach dem Eßpaket. Auf den Tisch stellen. Die Kleider wechseln, den Schlafgeruch aus dem Körper reiben. Nicht lüften, draußen ist es zu laut. Der Tag ist nicht mehr der jüngste. Essen. Kauen. Schlucken. Was für nützliche Bewegungen. Aber dann kommt es doch. Was nun, was weiter, was nun, was jetzt weiter, wie denn? Es war mir eine so liebe Gewohnheit gewesen, mit mir Gespräche zu führen. Man spricht zu sich kultivierter, als es ein anderer in der Regel tut, vor allem, man stellt sich für die zurechtgelegten Antworten die richtigen Fragen. Das bringt ansonsten immer Schwierigkeiten im Gespräch mit anderen: daß sie einen kaum jemals ausreden lassen und selten die Fragen stellen, die man tatsächlich beantworten kann.

Ich bin mir nie eine Antwort schuldig geblieben. Es waren erbauliche Stunden, die ich so verbracht habe. Aber nun bin ich müde geworden. Ich habe mir alles gesagt, was ich mich zu fragen hatte. Nein, sicher bin ich dessen nicht. – Wenn ich den verhängten Spiegel betrachte, stört er verhängt noch mehr als vorher blank und spiegelnd. – Irgend etwas in meinem Kopf, das sich bisher stumm gebärdete, solange ich redete, meldet nun seinen Anspruch auf Sprache an. Wer, läßt sich nicht feststellen, auch nicht wie. Was soll man da machen? Die Tricks, mit denen ich mir bisher geholfen habe, um mit mir auszukommen, beginnen zu versagen. Und dann dieser fatale Rückfall in frühere, längst überwunden geglaubte Gewohnheiten: Fragen zu stellen, deren Antworten ich nicht kenne.

Die wohltuende Ordnung meines Zimmers beginnt sich unter ihnen aufzulösen. Mein Schreibtisch steht seit nahezu fünf Jahren an der gleichen Stelle, und ich denke nicht daran, ihn zu verrücken. Ich denke auch nicht daran, seinen Standort zu begründen. Keine Erklärungen. Schön. Noch habe ich genug Willenskraft, jede Attacke abzuwehren. Aber ich werde mir etwas einfallen lassen müssen. Die hilfreichen Handgriffe beginnen sich zu wiederholen, und ich entferne mich immer mehr aus ihrer magischen Mitte. Meinen Schreibtisch könnte ich neu ordnen. Und dann könnte ich versuchen, einen Bericht zu verfassen, statt zu sprechen.

Sagen wir, ich schreibe an Sie, wer immer Sie sind. Ich denke Sie aus, ich erfinde Sie eben. Ich werde Ihnen auch eine Wohnung zuweisen. Warum nicht in meinem Kopf? Das könnte amüsant werden. Sagen wir, ich betrachte Sie als Pfadfinder in meinem Gehirn. Machen Sie es sich dort gemütlich, soweit das geht. Ich hatte ein Problem heute morgen: Anfang. Also los, setzen wir uns an den Schreibtisch. Sie sichern die Spuren, deren Fährte ich verloren habe, und ich schreibe das nieder. Oder warten Sie. Den Anfang erzähle ich Ihnen besser. Den Anfang, den Anfang, oder das, was ich für den Anfang halten muß, oder halten will, oder halten werde, oder was ich als Anfang erschaffe, auch das ist möglich. Ich will mir vorerst möglichst viele Möglichkeiten offenlassen.

Nein, ich schwindle nicht, zumindest glaube ich das. Ein bißchen Schwindel, das ist Spiel, aber nicht jetzt. Sie sollen dieselbe Chance haben wie ich. Sie werden in meinem Bett schlafen und mein Nachtgeschirr benützen, meinetwegen auch die Zahnbürste, ich bin nicht so. Sie werden mir mit der Zeit gewiß immer ähnlicher werden. Und das sage ich Ihnen jetzt schon: Es wird ganz sicher der Zeitpunkt kommen, zu dem wir uns wieder trennen müssen. Ich sage das, damit Sie sich darauf einstellen können. Meinen Platz werden Sie nie einnehmen. So. Nun, da ich Sie erfunden habe und – wie ich glaube – fürs erste alles Nötige klargestellt, fehlt nur noch das Thema.

Was also, worüber? Schon wieder Fragen. Ein verflixter Tag, aber nicht der erste seiner Art. Es gab eine Zeit, da dachte ich, den Verstand verlieren zu müssen. Der Lärm legt sich wie eine Eisenklammer um den Kopf, während im Inneren des knöchernen Gehäuses die Gedanken ohnmächtig dagegenhämmern. Man versucht, sich zu konzentrieren, alle Energie in einen einzigen Gedanken zu pressen. Jeder Gedanke eine Fanfare. Jeder Gedanke ein Paukenschlag. Dann gerät man in den Zustand der Gewöhnung, irgendwann in den völliger Abstinenz. Man hört und man denkt nicht mehr. Dieser Zustand und die Glaskugel sind der einzige Schutz gegen den Lärm und gegen den Wahnsinn. Ich versichere Ihnen, es ist so. Ich weiß das, schließlich lebe ich lange genug hier.

Früher versuchte ich des öfteren, die Straße zu betreten. Später ließ ich es bleiben. Wenn einen nicht dringende Geschäfte hinaustreiben, gibt es keinen vernünftigen, nicht einmal einen unvernünftigen Grund, seine Wohnung zu verlassen. Spaziergänge werden wir beide also kaum miteinander unternehmen. Ah, ich weiß, es plaudert sich angenehmer bei einem Spaziergang. Unser verehrter Meister Styx hat das beschrieben. Wanderungen durch Wiesen und Wälder oder entlang eines Baches. Vor allem im Frühjahr soll das Wandern entlang von Bachufern angesichts frisch sprießender Gräser und gelb leuchtender Dotterblumen einen eigenen Reiz gehabt haben. Sie sehen, ich weiß durchaus Bescheid. Styx verfügte über eine großartige, später nie mehr erreichte Phantasie.

Wir werden trotzdem in der Glaskugel bleiben, obwohl das seine Tücken hat. In letzter Zeit häufen sich die Anzeichen dafür, daß ihre Kristalle müde geworden sind, sich aneinander zu ketten. Ihr Körper wird schlaff. Das hat seine Ursache im Lärm draußen. Schall pflanzt sich in Wellen fort, die Druck erzeugen, so großen Druck, daß sich der Innenraum meiner Glaskugel zusammenfaltet und die Einrichtung auf mich preßt. Alles rückt näher. Zuerst vermag ich meine Hände nicht mehr von mir zu strecken, dann vermag ich meinen Körper nicht mehr aufzurichten und die Beine zu bewegen. Zum Schluß hockt die gesamte Einrichtung der Glaskugel auf meinem Brustkasten.

Ich hasse diesen Zustand der Atemlosigkeit. Ich will nicht behaupten, daß er mich ängstigt, aber er beengt mich. Alles drängt sich zusammen. Zuerst scheinen es nur Tisch, Kasten und Bett zu sein, zuerst scheint es nur die Glaskugel zu sein, aber dann rückt die gesamte Stadt nach. Merlins alte Zauberburgen, die langsam verfallen, und die neueren Betonwohnsilos, die Glaskugeln, die Panzerfahrzeuge in den Straßen und die Menschen darin. Überall alles voll Menschen – große, kleine, dicke, dünne, und alle mit Stimme. Alle laut. Die gesamte menschliche Existenz löst sich in Schallwellen auf. Zum Glück läßt sich dem Geschwätz Lärm entgegenstellen. Versuchen Sie es nie mit Gedanken. Gedanken sind stumm, geräuschlos. Sie haben keine Chance.

Ich schalte also jedesmal, wenn ich den Zusammenbruch meiner Glaskugel befürchten muß, meine Stereoanlage ein, lege eine Geräuschplatte auf und drehe auf volle Lautstärke, damit ich wieder atmen kann. Druck und Gegendruck erzeugend stürzen sich die Schallwellen aufeinander und entlasten solcherart die ermüdete Kugelwand. Sie vermag sich wieder aufzufalten. Die Stadt rückt von mir, Tisch, Kasten und Bett ließen sich nun an ihren gewohnten Platz stellen. Ich aber, im Zentrum des Getöses, vergesse jedesmal darauf, die alte Ordnung meines Zimmers wiederherzustellen. Die Gedanken rinnen ineinander, erstarren. Zuerst ist es ein Zustand wie vor Erfindung der Schrift, dann ein Zustand wie vor dem Eintritt in die Sprache. Die vollkommene Abstinenz. Ich bin weder in mir noch außer mir. Ich bin, das ist das einzige, das bestehen bleibt, aber ich weiß nichts mehr von mir und erst recht nichts von anderen. Zuerst ohne Reflexion, später auch ohne Reflexe, wie ich annehmen muß.

Ich habe meine Stereoanlage mit einer Zeitschaltung versehen. Nach zwei Stunden, spätestens nach zwei Stunden wird es still.

Danach jedesmal das gleiche Erschrecken. Nach langen Minuten – niemand kann mir weismachen, daß Minuten immer gleich lange dauern, wenngleich sie vielleicht immer gleich lange *sein* mögen –, nach langen Minuten wie ein plötzliches Erwachen.

Man muß sich das so vorstellen: Nach einem Befinden, das mir jede Wahrnehmung meiner selbst erspart, nach einem Zustand des totalen Selbstverlustes, der vollkommenen Ichlosigkeit, die Entdeckung, daß man *ist*. Ich nehme meine Hände wahr. Es sind immer zuerst die Hände. Das bedeutet noch nichts. Von mir gestreckt, auf die Tischplatte gepreßt, um einen Gegenstand geschlossen oder einfach auf dem Schoß liegend, kann ich sie als etwas Fremdes ansehen, als Objekte, die nicht notwendigerweise zu mir in Beziehung stehen. Dann die Beine. Auch sie üben die gleiche Diskretion. Aber plötzlich bewegen sich beide – Arme und Beine – synchron zu meinen Gedanken. Ich denke »Gehen«, und diese von meinem Leib gestreckten Stelzen gehen. Ich denke »Greifen«, und meine Hände greifen, ergreifen. Spätestens dann läßt sich nicht mehr leugnen, daß ich es bin, der über alles Sichtbare verfügt. Ich bin. Ich denke. Vermag sich ein Mensch vorstellen, wie sehr das entsetzt?

Ich frage mich, wie lange noch. Und zu welchem Ende? Das sollte man von Anfang an wissen. Ich glaube, es erspart eine Menge Enttäuschungen, aber es verhindert auch die Spiele. Alle Spiele, nicht nur die bekannten. Und es läßt nichts mehr offen. – Also nur: Wie lange noch? Das Ende will ich aufschieben. Ein bißchen Spannung ist nötig, sonst zahlt sich die Geschichte nicht aus, das Leben, der Tod, das Sterben, die ganze Mühe, die es verursacht.

Während ich in meiner Glaskugel sitze und zusehe, wie sie sich unter den Schallwellen eindellt, frage ich mich also, wie lange noch. Bis zu ihrem Zerplatzen bin ich hier in Sicherheit – und dann? Was dann? Wenn die Befürchtungen aufgehört haben, Befürchtungen zu sein, weil sie Wirklichkeit geworden sind, was dann, und wenn – was?

An manchen Tagen nimmt der Druck der Außenwelt so schamlos zu, versucht die Außenwelt so sehr in mich zu dringen, daß sie mich nicht mehr atmen läßt. Ich will mit dem »Draußen« nichts zu tun haben. Zorn wäre eine passende Antwort, auch eine Lösung. Den Tempel leerfegen. Aber was sage ich schon wieder. Ein leerer Tempel nützt niemandem, und Zorn setzt Fähigkeiten voraus, ich bin sicher, daß er große Fähigkeiten voraussetzt, die ich nicht besitze und über die ich daher nichts Bestimmtes sagen kann. Ich stelle ihn mir vor, ich stelle mir Zorn...

Übrigens, jetzt fällt es mir wieder ein: Es war nicht der siebente, sondern der zehnte Vers des Traumbuches, in dem Styx die menschenleeren Ebenen beschrieb. Ich sollte das notieren. Festhalten. Styx' Buch besitze ich nicht mehr. Es dürfte verlorengegangen sein während einer der zahlreichen Umzüge, die ich hinter mich gebracht habe, ehe mir diese Glaskugel zugewiesen wurde. Umzüge, über die ich nur mehr weiß, daß sie stattgefunden haben, fünf oder sechs mindestens. Irgendwann verlor ich Styx' Buch. Vielleicht besaß ich es nie, auch das ist möglich.

Notieren wir also, ich schreibe, Sie diktieren: Styx, zehnter Vers des Traumbuches. Und dann Amir! Da ist die Erinnerung wieder. Ich sollte ihr nachgehen, ehe ich sie vergesse. Sie hat, glaube ich, mit gestern zu tun, oder? Vorgestern? – Alles notieren. Papier ist genug da. Schreibzeug auch. Welche Farbe? Zuerst am besten schwarz. Schwarz und weiß. Schwarz auf weiß hat Beweiskraft. Schwarz auf weiß entspricht der alten Ordnung, zumindest denke ich das angesichts der Vertrautheit, die Schwarz und Weiß wachrufen. Später werde ich vielleicht auch andere Farben wählen. Vorläufig aber Schwarz und Weiß. Ein Mensch braucht einen Führer, etwas oder jemanden, der ihn leitet. Die Tätigkeit des Niederschreibens wird mich leiten. Ich erwarte das. Probleme einmal der wohlgeordneten Reihenfolge von Buchstaben, den Gesetzen der Grammatik anvertraut zu haben, bedeutet, nicht mehr in allem grundsätzlich fehlgehen zu können. Dieses System von Zeichen strahlt Sicherheit aus. Immerhin, dieses Systems bin ich noch irgendwie fähig, auch wenn die Gleichgültigkeit meines Lebens viele Fähigkeiten verlorengehen ließ.

Was also. Nachdenken und festhalten: Was war gestern?

Antwort: Ich weiß es nicht.

Wer ist Amir?
Antwort: Ich weiß es nicht.
Welche Möglichkeiten hatte er, sich mir in Erinnerung zu rufen?
Antwort: Brieflich vielleicht.
Wenn brieflich, wo ist dann der Brief?
Antwort: Keine Ahnung.
Wo bewahre ich für gewöhnlich Briefe auf?
– Ich glaube nicht, daß ich jemals welche erhalten habe. Behördliche Zuschriften ja, aber sonst?
Also dann: Wo bewahrt ein Mensch Briefe auf, wenn er welche erhält?
Ich weiß es nicht. Aber ich könnte meinen Schreibtisch durchsuchen. Und dann das Bücherregal. Den Papierkorb? – Fällt Ihnen auf, wie meine Fingergelenke beim Schreiben knacken? Hören Sie das? Es kracht und knackt wie...
Lieber nicht vergleichen. Die Vergleiche, die mir bekannt sind, stammen allesamt von anderen Menschen.
Den Papierkorb habe ich seit meiner Anwesenheit in der Glaskugel nicht mehr benützt. Früher schon. Es ist der gleiche Papierkorb, den ich früher benützte. Jetzt *muß* er leer sein. Also den Schreibtisch durchsuchen. Was meinen Sie? Bis heute bin ich recht gut mit mir ausgekommen. Und ausgerechnet heute sollte ich ohne Grund, ohne Ursache mein Spiegelbild...
Ein Mann namens Amir hat mir einen Brief geschrieben. Das steht fest. Gestern, vorgestern, irgendwann. Egal. Man soll sich nicht mit Kleinigkeiten aufhalten. Was sagen Sie? Zeit zum Mittagessen? Ich bin nicht hungrig. Meine morgendliche Konfusion ist üblich. Mittags ist der Tag zumeist schon wieder vorbei. Und über den Nachmittag besser kein Wort verlieren. Amir wohnt im innersten Kreis der Stadt. Er kann nicht gemeint haben, was er schrieb. Und wenn doch, wenn ja? Unbegreiflich. Ein Mensch in seiner Abwesenheit muß unbegreiflich sein. Jedenfalls käme die Einladung gerade im richtigen Augenblick.
Im *richtigen* Augenblick, haben Sie das gehört? Welche Worte man entdeckt, läßt man sich einmal auf sie ein: richtig, wahr,

falsch. Früher habe ich so etwas leicht vor mich hingesagt oder verschwiegen, was auf dasselbe hinauskam. Verplauderte Worte. Gerade deutlich genug hingemurmelt, um eine Richtung anzudeuten, nur irgendwie, vage. So, wie ich mich nun schon wieder verplaudere. Aber Sie müssen verstehen: schwarz auf weiß hingeschrieben sind das nicht dieselben Worte wie die hingesagten. Morgen sieht vielleicht alles anders aus. Warum nicht. Ich sage: warum nicht wie: warum doch, und es bedeutet auch diesmal das gleiche. Solange man spricht, findet sich kein Unterschied. Hingeschrieben jedoch verändern sich die Worte. Etwas Unvergeßliches umschließt sie. Wo immer nun meine Gedanken hinfallen, oder worauf sie hereinfallen, was mir immer wieder passiert, die Worte stehen da. Ich muß nur hinsehen.

Am besten, ich beginne nochmals von vorne, obwohl der Tagesanbruch schon lange vorüber ist und ich mitten im Tag stehe. Ich muß einen Plan erarbeiten, auch wenn ich nicht weiß, zu welchem Ende; so tun, als ob sich alle Wahrnehmungen und Erfahrungen bereits als wahr erwiesen hätten, obwohl sie sich erst als wahr erweisen müssen. So tun als ob. Aber diesmal wird es kein Spiel sein.

Es ist Mittag. Die Uhr zeigt es an, ein leuchtendes Zifferblatt. Die Tatsache, daß sich dieser Mensch, daß sich Amir an mich gewandt hat, läßt sich weder leugnen noch vergessen. Warum nicht die Einladung annehmen? Wenigstens eine Weile könnte ich so tun, als ob ich das wirklich wollte. Der Plan betrifft also: Überwindung der Straße und Beibehaltung aller Erinnerungen. Es muß mir gelingen, bis zu Amir vorzudringen, ohne zu vergessen, warum ich die Straße betreten habe.

Es muß mir gelingen, über die Hürde der Zeit zu kommen, und das immer wieder. Ich bitte Sie, mir dabei zu helfen. Offensichtlich genügt eine Uhr nicht. Ich hatte bisher so viel Zeit, daß es leicht war, auf sie nicht zu achten. Es gab keinen Grund, sich mit ihr zu beschäftigen. Schließlich war ein Tag wie der andere. Nun sehe ich die Zeiger der Uhr, sehe, wie sie von Minute zu Minute springen, und weiß nicht, was ich davon halten soll. Vergeudete, verlorene, gewonnene Zeit. Wer weiß das schon von vornherein. Die Zeiger der Uhr rücken weiter, in meinem Kopf, vor meinen Augen, ich fühle, wie es kreist, verblaßt, die Stunde schlägt, sich wiederholt. Jede volle Stunde ertönt ein Gong, Glockenschläge, Pulsschläge, Trommelschläge. Es war vielleicht immer so, aber ich habe es nicht gehört. Gewöhnung. Die Gewöhnung an Erwartungslosigkeit und an den Lärm, der alles übertönt. Er legt sich wie eine Eisenklammer um die Schädeldecke.

Da bin ich wieder am Anfang aller Verwirrung. Die Gedanken kreisen. Mit dem bloßen Erwachen beginnt das Dilemma. Man sollte nicht erwachen oder nachts leben dürfen. Nachts, wenn die Straßen leergefegt und die Maschinen stillgelegt sind. Nicht alle Maschinen, versteht sich, aber immerhin so viele, daß es möglich wird, auch im Freien Gespräche zu führen.

Aber nachts schlafen wir erschöpft. Nachts ist das Betreten der Straßen verboten. Nachts ist die Stadt still und leer. Wie tot und gleichzeitig auf eine unbeschreibliche Art lebendig. Man hört wieder. Man hört ihr Atmen. Die Stadt atmet und lebt in den wie ausgestorben wirkenden Straßen... In dieser Dunkelheit bricht das All über uns auf, ergießt sich über die Kuppen der Dächer. Sterne, Lichter, die in wolkenlosen Nächten niederstürzen und die Straßen wie Tau erleuchten... Schatten wachrufen, die sich bewegen, hervortreten, vorbeigehen, vergehen, als existierten Wesen, die wir nicht kennen.

Aber ein Schritt hinaus, und plötzlich die Entdeckung, daß der eigene Schatten die Schatten zu berühren vermag. Ich war einmal draußen. – Ein Irrtum. – Wie ein Schlafwandler, als Schlafwandler. Jedenfalls stand ich plötzlich draußen auf der Straße, als ich erwachte. Jeder Stein wird lebendig, jede Mauer Bewegung, Berührung. Wo man nichts als Totsein erwartet hat, regt sich etwas, dem nur der Name fehlt, um Gestalt zu werden. Eine Untergrundstadt in der Stadt. Eine Stadt, die sich nicht beschreiben läßt, kaum zeigen. Und trotzdem meinte ich damals, in diesem Augenblick des Erwachens, in einem solchen Augenblick, wo wir die Augen öffnen und ja was denn sagen, trotzdem glaubte ich damals, daß diese Stadt wahr war. Und es gab keine Fragen mehr.

Ich werde Ihnen meine Geschichte nicht weiter erzählen. Ich will nicht mehr. Ich fühle mich nicht sicher vor Anteilnahme und Mitgefühl. Auch Amir ist mir nicht gleichgültig, wer immer er ist. Ich glaube, ich könnte es tatsächlich wissen, und dieses Wissen wird die Magie der Nacht zerstören, die Licht ist. Was dann?

Sehen Sie sich das an! Ja doch, lesen Sie, was wir bisher geschrieben haben. Alles Anfänge, ohne den springenden Punkt entdeckt zu haben. Wie sollen Sie jemals verstehen. Verwirrung ist kein Prinzip. Wir starren noch immer auf den ersten Satz: Es ist jedesmal das gleiche Erwachen, was immerhin den Tatsachen entspricht. Der Lärm. Ich habe den Verdacht, daß Sie der Lärm in meinem Kopf vor ähnliche Probleme stellt wie mich das Dröhnen der Stadt. Alles spricht gleichzeitig oder schweigt gleichzeitig. Wir hätten eine einfache Geschichte zu erzählen. Halten Sie das fest. Ein Mann wohnt in einer schallisolierten Glaskugel, inmitten von Lärm, und erhält eines Tages den Brief eines Freundes, der ihn zu sich einlädt. Der Rest betrifft die Geschichte des Versuches, herauszubekommen, ob der Eingeladene den Besuch abstatten will und ob er kann. Der Rest der Geschichte ist die Geschichte der Konzentration, die ein Mensch aufbringen muß, um zu behalten, was er erinnern wollte.

Sollte ich dabei meinen Körper beschreiben, zumal er mich immer wieder ablenkt? Meine Hände vor allem lenken ständig ab. Ich sehe sie ununterbrochen vor mir, während ich schreibe. So viel, wenn auch ungeschickte Bewegung. Zum Glück verlieren sich Bauch und Beine unter dem Schreibtisch. Nicht auch noch sie anstarren müssen. Aber das läßt mich gleichzeitig im unklaren darüber, wie groß ich bin. Ich denke, die Größe schwankt. An manchen Tagen bin ich mir zu groß und an manchen zu klein. Das hängt davon ab, was ich gerade tun möchte: erwachen oder aufgeben. Der Sinn eines gerade aufgerichteten Körpers liegt in den geöffneten Augen. Die Bedeutung bewegter Hände, die Vergeblichkeit getaner Schritte, die Schönheit zielloser Wege – das sind Worte, die ich einmal gekannt haben muß. Jetzt gelten sie nicht mehr. Der Tag gestern, der Tag morgen, dazwischen eine Nacht und noch eine, dunkel und gleichförmig. Irgendwo in dieser Dunkelheit war es. Ich weiß nicht was. Vielleicht habe ich mich damals gekannt, früher. Ich müßte meine Haltung ändern, mich anders an den Schreibtisch setzen. Aber die Ordnung dieses Tisches zwingt mich, ganz genauso dazusitzen, wie ich sitze, meine Hände anzustarren und sonst nichts zu wissen.

Vielleicht kommt das noch, wenn ich weitererzähle, ich meine, eine Vorstellung über das Nichts hinaus.

Ich muß etwas festhalten, das mir wichtig erscheint. Ich bin ein ordentlicher Mensch. Es liegt mir daran, daß Sie das wissen. Ich habe diesen Hang zur Pedanterie nötig. Mein schlechtes Gedächtnis, das der Lärm ständig weiter unterhöhlt, macht ihn nötig. Ich halte mich an dieser von mir als unumstößlich bezeichneten Ordnung fest. So schüttle ich jeden Tag mein Bett auf, gleichgültig, wann ich es verlassen habe. Dabei fand ich Amirs Brief unter dem Kopfpolster. Alle meine früheren Fragen erweisen sich dadurch als gegenstandslos. Ich meine mich nun auch zu erinnern, wer Amir ist: einer meiner ehemaligen Lehrer, und da ich ein aufmerksamer Schüler gewesen sein dürfte, ist es nicht so verwunderlich, daß er sich an mich wendet.

Was meinen Ordnungssinn betrifft, so erweist er sich in vielerlei Hinsicht als nützlich. Der Brief ist gefunden. Auch das Problem des Anfanges scheint nun gelöst. Ordnung ist eine gerade Straße. Man muß sie lediglich rückwärts gehen und trifft zwangsläufig an den Ausgangspunkt aller Ausgangspunkte. Ich wurde geboren, darüber kann ich mich nicht hinwegsetzen. Ob ich wünschen konnte, was mir da widerfahren ist oder nicht, und wie die Konsequenzen aussehen, daß ich nicht wollen konnte, was mir da widerfahren ist, weil man sich nicht von vornherein wollen kann, halte ich für müßig zu überlegen. Also lautet die nächste Frage: Name, Alter, wobei wir auf die nächste Schwierigkeit stoßen. Sie wird im übrigen nicht die einzige bleiben. Wann ich geboren wurde, weiß ich nicht genau, mein Name ist eine Erfindung, ich bin ein Findelkind.

Wer Vater und Mutter waren, wurde nie herausgefunden. Geschlecht männlich, war das einzige, das sich mit Sicherheit sagen ließ. Vielleicht verlor mich meine Mutter in einem Anfall von Erinnerungslosigkeit, oder sie erkannte mich nicht wieder. Oder sie mußte mich auf der Flucht zurücklassen, auch das ist möglich, denn ich wurde an der Grenze zwischen Stadt und Land gefunden, mit dem Kopf auf Stadtterritorium, mit Bauch und Beinen aber auf dem Lande.

Man hat mir erzählt, daß lange überlegt worden sei, wo ich nun hinverwiesen werden sollte. Die Stadtbehörde wollte niemanden aufnehmen, das versteht sich. Die Landbehörde machte meine Einreise von der Feststellung abhängig, daß der Kopf höchstens eine Nacht und eine Morgenstunde auf dem Gebiet der Stadt zugebracht habe. Die Protokolle über meine Auffindung waren allerdings verlorengegangen. So wußte niemand Genaues. Schließlich entschied ein Gericht, daß ich dort aufzunehmen sei, wo die größere Körperhälfte gelegen sei. Die Landbehörde argumentierte, daß die Lage des Kopfes das entscheidende Kriterium darstelle, da der Kopf das Wichtigste und Gefährlichste, weil Ausgangspunkt aller Torheit sei. Die Stadtbehörde wiederum verwies darauf, daß die Lage der Beine eindeutig in Richtung Land gewiesen habe und darüber hinaus der Bauch bei einem Säugling dem Volumen nach immer den größten Körperteil darstelle. Daraufhin soll das Gericht die Lageaufnahme meines Fundortes, die sich, losgelöst von allen anderen Unterlagen, doch noch in einem Archiv gefunden hatte, das Gericht soll daraufhin also diese Lageaufnahme und meinen kleinen Körper vermessen und herausgefunden haben, daß der ganze Kopf, der Brustkorb und noch ein winziger Teil meines Bauches Stadtterritorium bedeckt habe.

So wurde ich Stadtbewohner. Die Hälfte und eine gerade noch meßbare Winzigkeit meines Körpers hielten mich von den weiten Ebenen fern.

Mit einem Wort, der Bauch ist schuld. Verlangen Sie nun nicht, daß ich ihn wohlwollend betrachte. Soll er vor Hunger knurren, ich vergönne ihm das. Ich bin nicht hungrig. Ich knurre nicht. Dieses Ungetüm zwischen Brust- und Schambein rebelliert und verlangt nach seiner regelmäßigen Fütterung. Ich hasse es, wiewohl ich die Entscheidung des Richters respektieren muß. Es dürfte schwierig gewesen sein, eine Entscheidung zu fällen, und man darf ihm nicht einmal Leichtfertigkeit unterstellen, die sich manchmal angesichts der Verlockung einstellt, ein Problem loswerden zu können. Er mußte mir einen Platz zuweisen. Die Bezeichnung eines Ortes als gültiges Zuhause ist für einen Menschen unerläßlich. Es gibt keine anderen Garantien gegen den Wahnsinn, nicht einmal Wünsche; Orte manchmal, geographische, räumliche Zuordnungen, die uns – vielleicht nur vermeintliche – Sicherheit vor jener endgültigen Entschiedenheit gewähren, sich, des Verstandes restlos beraubt, die Welt erlaubterweise ersparen zu dürfen.

Ich stelle mir den Richter vor. Wahrscheinlich ein älterer Mann, untersetzt, mit Bulldoggengesicht und auch mit Bauch. Ein Mensch muß irgendwohin gehören, höre ich ihn sagen. Eine behördliche Zuständigkeit, ein amtlich gesichertes Zuhause gehören zu den unabdingbaren Abgrenzungen unseres Selbst. Gegen das Ausufern in alle Welt. Gegen die disziplinlose Verbreitung unter alle Menschheit. Wir haben unsere Grenzen zu ziehen, höre ich ihn sagen. Stellen Sie sich vor, ein Mensch gehörte nirgendwohin.

Ich stelle mir das vor. – Wenn meine Glaskugel zum Beispiel platzte... wenn sich alle Versuche, sie zu erhalten, als vergeblich erwiesen... Auf den Straßen der Stadt ist kein Wohnen. Nachts ist es uns verboten, sie zu betreten. Ein unsinniges Verbot, wie mir lange schien, lediglich dazu ersonnen, uns zu quälen. Später begriff ich es. Wir liefen alle auf einmal in die Stille, Wahnsinnige, Verlorene, erstürmten wir das Schweigen der Straßen, die Leere der Nacht, rieben unsere Körper aneinander. So viel Berührung, die nicht mehr unterschiede, die allen gleich wäre, ein einziger, zusammengeflossener Leib, der sich in die Hohlräume zwischen den Häusern ergösse; uns vielleicht entdecken ließe, daß wir eins sein könnten, ohne Grenze, und alles, was man uns gesagt hat, zu glauben verlangt hat, alles wäre verloren. Vielleicht gut, vielleicht...

Nein, dieses Wort werden Sie nicht diktieren. Ich schreibe es nicht. Es gibt keine Erlösung. Es gibt sie so wenig wie Freispruch von uns selbst. Niemand hat dieses Land je betreten. Das sage ich. Es ist eine Einbildung, eine Behauptung, und meine Glaskugel ist noch nicht am Ende. Noch gewährt sie mir Schutz vor meiner Entschlüsselung. Noch darf ich mich auf sie verlassen, auch wenn dieser Schutz nicht der Voraussicht, sondern dem Zufall überlassen ist.

Und wenn meine hübsche, wohlgeordnete Zufluchtsstätte platzte? Ich meine, ob ausgewiesen oder umgesiedelt, oder wie dieser Selbstmörder von den Schallwellen erdrückt, ehe man mich von den Überresten meiner Vergangenheit befreit hätte... Für den Ernstfall überlegt – wenn meine Glaskugel platzte –, was wäre verloren?

Darüber hinaus kann man jederzeit eine neue Wohnkugel beantragen. Den Verordnungen der Stadtverwaltung entsprechend können wir von Kugel zu Kugel ziehen. Man kann sich auf langen Wartelisten vormerken lassen, die Name, Alter und Bedeutung des Antragstellers enthalten. Es entspringt einer Gesetzeslücke, daß ich nicht imstande bin, diese Formulare auszufüllen. Mir fehlen ein paar Angaben. Für unvorhergesehene Unglücksfälle stehen allerdings Asylkugeln bereit, in denen jeder ohne Anmeldung Zuflucht suchen darf.

Es sollen trotzdem schon Menschen auf der Straße gestorben sein. Der Tod auf der Straße, auch der unbeabsichtigte, wenngleich nicht allzu häufig, so doch auch nicht allzu selten, gilt als nicht ehrenhaft bei uns. Irgendein persönliches Versagen, eine Uneinsichtigkeit gelten als Voraussetzung für ihn. Es trifft nämlich nicht zu, daß Tod gleich Tod ist. Ebensowenig wie Leere Leere ist. Die verlorengegangenen Erinnerungen in meinem Kopf, die Höhlen ihrer früheren Wohnstätten, in denen sich nun nichts mehr findet, sind nicht vergleichbar mit den kostbar unberührten Orten, an denen noch nie ein Gedanke, noch nie ein Irrtum gewohnt hat. Die eine Leere wartet, während die andere Verweigerung ist. Man fühlt ganz deutlich: Hier wird nichts mehr sein. *Der* Verlust ist unwiderruflich. In solchen Augenblikken ist es gut, sich langsam zu bewegen. Eine schnelle Körperdrehung, und die Leere fliegt auf, verdunkelt alles, wie es die Panik in der Stadt tut, die Angst vor dem, was wir nicht wissen oder wissen sollten, die uns lähmt oder auf die Straße treibt. Immer unerwartet. Die Angst ist ein Tier, das keinen Dompteur kennt.

Aber zur Panik besteht nicht der geringste Anlaß. – Das sage ich. Daß nachts die Straßen leer sind, absolut leer, bedeutet, daß niemand länger als einen ganzen Tag...

Ich meine, es muß ein rascher Tod sein, wenn auch kein schmerzloser, obwohl... Ich erinnere mich, einmal an einem Test teilgenommen zu haben. Damals suchte man Freiwillige, und ich bin der geborene Freiwillige, kein Hasardeur, wie gesagt, aber vielleicht dazu geboren, gutgläubig in jedes sich bietende Unglück zu rennen. Damals, gleich wann ›Damals‹ war, wurden Freiwillige gesucht, die sich einer Geräuschkulisse auszusetzen und gleichzeitig eine sinnvolle Tätigkeit auszuführen hatten. Man wollte herausfinden, bei welcher Lärmintensität und nach wie langer Zeit die Konzentration verlorengeht, wie lange es dauert, bis ein Mensch nichts mehr hört und sieht.

Es dauert nicht lange, hat man uns nach Abschluß der Testreihe versichert. Der Tod kommt rasch. Nur der Schmerz, den er bei Sterbenden wie Hinterbliebenen gleichermaßen auslöst, ist mir unbegreiflich. In meinen Vorstellungen lassen sich Tod und Schmerz nicht vereinen. Dieses Bedauern eines Verlustes wegen, der nicht begriffen werden kann und nicht ertragen werden muß. Alles wird vorüber sein, und das ist gut so. Es ist unsinnig, die Augen zu fürchten, in denen das Feuer erlischt.

Wenn ich tot bin, wird alles so sein, wie es bisher war. Der Sinn der Vergangenheit liegt im Vergehen. – Nicht daran denken. – Meine Sonne scheint nicht mehr. – Das wollte ich nicht sagen. Dumpf und schwer. Alles ist dumpf und schwer, aber mein verletzter Mond steht noch am Himmel.

Für niemanden.

Keine unnötigen Sorgen. Wir sind gleich wieder beim Thema. Alles ist Spiel oder tödlicher Ernst, ich weiß es nicht.

Wie auch immer, ich habe mich entschlossen, Amir aufzusuchen.

Ich habe mich tatsächlich dazu entschlossen. Verzweifeln Sie nicht meinetwegen, aber zweifeln Sie ruhig. Nichts ist sicher. Diesen Trost will ich mir nicht nehmen lassen. Daher auch keine Garantie, was morgen sein wird. Keine Garantie, daß ich mein Wort halte. Ich gebe es nicht. Nur so versuchen. Kokett wie ein Seiltänzer über dem Abgrund. Mit dem Absturz zu kokettieren ist Spiel? – Gut. Dann will ich dieses Spiel akzeptieren. Und nun los, mein Lieber. Mein Freund Amir wartet. Amir, der, wer weiß aus welchem Grund, bereit ist, mir einen Platz in seiner, wie er versichert, zuverlässigen Glaskugel anzubieten. Überlegungen den Tod betreffend sind also völlig unangebracht, zumindest für heute und auch noch – vielleicht – für heute nacht. Ich habe einen Freund. Mein Problem besteht lediglich darin, herauszufinden, wie man bis zu ihm vordringen kann. Ich habe einen Plan zu erarbeiten, ruhig zu überlegen, alle Möglichkeiten zu erkennen, wenn schon nicht alle Möglichkeiten, so doch möglichst viele. Punkt für Punkt analysieren, entdecken, in Punkte auflösen, aneinanderreihen.

Fest steht, daß ich für das Zentrum der Stadt keinen Passierschein erhalten werde. Einen Freund besuchen zu wollen ist ein Wunsch, dessen Erfüllung jeder Dringlichkeit entbehrt. Der Hinweis auf die Hinfälligkeit meiner Glaskugel wird sich ebenfalls als vergeblich erweisen. Noch hält sie der Außenwelt stand, auch wenn ich sehe, wie sie vibriert, sich eindellt, mir Tisch, Kasten und Bett entgegenschiebt. Ich will atmen. Ich will mir die Stadt vom Leib wissen und in Ruhe meine Spuren sichern. Unbehelligt. Aber daraus wird nichts werden, denn fürs erste haben wir die Glaskugel zu entlasten. Sie wissen noch nicht, was das bedeutet. Das heißt, daß der Nachmittag verloren ist, vielleicht auch der Abend und die Nacht.

Zuerst also alles überprüfen: den Mechanismus der Schaltuhr, dann die Stereoanlage. Erinnerungen, lückenlose Erinnerungen an perfekte Handhabung, das ist es, was wir beide benötigen, die Vorstellung eines exakten Bauplanes. Aber alle meine Erinnerungen sind ungenau geworden. Früher habe ich mich auf mein Gedächtnis verlassen dürfen, wenn es darum ging, eine Sache, ein Ding in seinen Bestandteilen und Funktionen wiederzugeben. In letzter Zeit allerdings bin ich mir nie sicher genug, um sicher zu sein. Ständig fühle ich mich gedrängt, wieder und wieder zu überprüfen, zu erwägen, zu bedenken.

Dieser Zwang kommt nicht von ungefähr. Ich glaube, daß vieles anders war, als ich es nun erinnere, ohne daß ich das andere – was und wer, nicht einmal wie – wiederfinde.

Ich bedaure das Ihretwegen. Es setzt Sie einer Gefahr aus, der Sie nicht begegnen können. Sie wollen rasch fort von hier. Ich habe durchaus Verständnis für Ihren Wunsch. Wir haben keine Zeit zu verlieren. Wir haben jeden Aufschub zu vermeiden. Keine Ausreden, gut, aber ich muß perfekt sein. Die geringste Panne ist gleich dem größten Irrtum. Ich muß das Perfektum finden. Da heißt es nun einmal ununterbrochen zurückschauen. Vollkommenheit wird nur in der Vergangenheit sichtbar. Was in der Vergangenheit liegt, hat sich schon als wahr erwiesen.

Sie haben recht: Was aber hier mit uns? Jetzt. Ich stehe in der Gegenwart und plane für die Zukunft. Ich müßte also so tun, als wüßte ich bereits, worauf ich erst hinauswill; als hätte sich bereits als wahr erwiesen, was sich erst als wahr erweisen wird, aber keinesfalls sicher als wahr erweisen *muß*. – Kann das ein Mensch? Ich meine, kann man sich der Gegenwart jemals entziehen, die Lippen bewegen, ohne sofort an Worte zu denken. Kann man dem Tag entkommen, der sich, kaum aufgebrochen, sofort an unseren Lidern festsaugt. Und da IST er. Er wird nie, während ich ihm zusehe, bewegungslos oder auf und ab wandernd, erwacht oder schlaftrunken. Er wird nie.

Hören Sie mir überhaupt zu? Ich verstehe, daß Sie das nicht immer wollen, aber nun müssen Sie. Sie in der Glaskugel meines Kopfes als mein anderes Ich, ich habe Sie nicht zu Ihrem Vergnügen erschaffen. Ich spreche zu Ihnen, weil ich eine Aufgabe für Sie habe. Sie sollen meine Aufzeichnungen weiterführen, während der Zeitspanne, in der ich mir bis jetzt immer verlorengegangen bin. Ihre Glaskugel ist noch intakt. Ihre Glaskugel hält noch stand. Wenn ich hingegen den Lärm erzeuge, der mich davor bewahren soll, aus dem Schatten ins Helle zu treten oder in die Finsternis, werde ich mich sehr bald an nichts erinnern. Nützen Sie die Zeit und sehen Sie sich inzwischen in meinem Gehirn um. Schütteln Sie mein Bett auf, in dem ich lange geschlafen habe. Der Schlüsselbund zu den Schubladen liegt möglicherweise unter dem Polster. Nehmen Sie ihn. Nun kann ich Ihnen nicht in die Quere kommen. Durchstöbern Sie mich ruhig. Vielleicht ist noch nicht alles gelöscht, vielleicht habe ich nur vergessen. Sie könnten der Mensch werden, der ich nicht bin.

Was sagen Sie? Es fällt Ihnen schwer, zu antworten? Ich will Sie nicht ermüden. Denken Sie in Ruhe nach und entscheiden Sie sich dann, aber entscheiden Sie sich. Es scheint durchaus zweckmäßig, unsere Arbeit in Vergangenheit und Zukunft aufzuteilen, während wir für die Gegenwart nur hoffen können.

Wie? Ich vermag Ihr Geflüster kaum zu verstehen. Sprechen Sie! Ihr Flüstern in meinem Kopf beunruhigt mich. Außerdem ist es meiner Konzentration nicht gerade förderlich. Es hört sich an, als existierte tatsächlich ein Mensch, der zu mir spricht, und ich verstehe kein Wort, weil das Flüstern zu undeutlich ist und zu leise, nur laut genug, um wahrgenommen zu werden, aber zu leise ist, viel zu leise, um verstanden zu werden; oder meine Ohren sind nicht mehr gewohnt, zu hören, sind an den Lärm gewöhnt, können nicht hören...

Die Schaltuhr hat die Geräuschplatte nach zwei Stunden abgestellt. Alles ist abgelaufen wie geplant, wie es vorgeordnet war. Wieviel Zeit danach vergangen ist, weiß ich nicht. Ich habe keine Erinnerung daran, was nachher geschah. Erst das Entsetzen, mit dem ich mich wiederentdeckte, ist mir bewußt.

Meine Wohnkugel steht kopf. Alles durcheinander, der Inhalt der Schreibtischladen auf den Boden gekippt, die Bücherwand umgestürzt. Ich hatte vergessen, sie zu befestigen, als die Schallwellen die Kugelwand eindellten. Anschrauben. Oder mit einem Strick anbinden, der tut es auch, falls man einen besitzt. Ich besitze keinen, und die Schrauben, mit denen ich früher einmal den Schreibtisch am Boden befestigt habe, sind ausgerissen, wie ich nun sehe.

Höchste Zeit, auszuziehen. Alles wird morsch. Nicht nur die Kugelwand. Ein unaufhaltsamer Verfall, dem ich lediglich die Ordnung der Einrichtung entgegenstellen kann. Aufräumen. Ich muß alles, worüber ich noch verfügen kann, was sich mit meinen Händen greifen läßt, verläßlich, klar, offenbar werden lassen, geordnet wie die Schichten der Stadt, in denen sie erbaut worden ist. Bücken. Schichten und schlichten. In meiner Verfassung ein akrobatisches Kunststück. Auch die Verläßlichkeit meiner Bewegungen läßt nach, nicht nur die Genauigkeit meiner Erinnerungen. Ich bücke mich und greife immer häufiger ins Leere. Ich spanne die Rückenmuskeln, bis mir die Luft ausgeht. Ein Irrtum in der Anordnung, die ich treffe. Ursprünglich hatte ich etwas anderes gemeint, oder vielleicht zweierlei, oder was weiß ich, das weiß ich immer seltener. Zum Glück habe ich begonnen, eben dieses Protokoll über mein Leben anzulegen. Als Fangnetz für den Akrobaten, der ich nicht bin, und als Skyline für die Träume, die ich nicht mehr träume.

Ich träume seit Jahren nicht mehr. Das erscheint mir ein unstatthafter Luxus. Die Mühe, mich zurechtzuordnen, ist auch ohne Träume groß genug. Zum Glück, wie gesagt, führe ich Protokoll. Aber dieses Gestammel auf dem Notizblock – stellt das etwa eine brauchbare Niederschrift dar? Bestenfalls die Bekanntgabe einer nicht einmal originellen Form von Narrheit. Ich bin tatsächlich ein Narr, wie mir scheint. Nicht verrückt, das hieße, eine gewisse Bedeutung erlangt zu haben, ich bin nicht verrückt, sondern nur närrisch. Ich weiß, ich bin alleine hier. Ich weiß, daß niemand zu mir spricht. Und ich weiß, daß alles nur ein Spiel ist, wenn auch ein Spiel, das ich nicht mehr wollte. Ich sollte nie aufhören, daran zu denken. Trauer, Verlorenheit, Lachen – alles ist Spiel. Kein Mensch ist zu vollkommenem Ernst fähig. Die Welt beim Wort nehmen und weiterleben, erscheint mir absurd. Selbstverständlich mache ich mich ununterbrochen lächerlich. Zum Glück bemerke ich es nicht immer. Das verleiht mir ein wenig Ernsthaftigkeit, zumindest den Anschein von Ernsthaftigkeit, und veranlaßt mich, ein Experiment weiterzuführen. Sie sind ein Experiment. Bleiben wir dabei.

Was also mit den Notizen? Wohin mit ihnen? Ich will sie nicht wiederfinden, auch nicht durch Zufall darauf gestoßen werden. Andererseits kann ich sie nicht wegwerfen. Ah, ich besitze einen Papierkorb. Gut, daß Sie mich daran erinnern. Aber was, wenn er voll ist? Soll ich diese Zeilen etwa der städtischen Müllabfuhr überantworten? Und wenn sie jemand liest? Die Blätter übereinander zu legen ist auch ordnen.

Ich muß alles nach dem Vorbild der Stadt ordnen, da mir andere Vorbilder nicht bekannt sind, in Schichten ablagern, in genau den gleichen Schichten, in denen die Stadt erbaut worden ist, wiewohl auch sie erkennen läßt, daß selbst im klarsten Konzept ein Kern verborgen liegt, der sich jeder Neuordnung widersetzt; ein altertümlicher Kern, den man zuerst aus Sentimentalität nicht abreißt, später aus Angst, er könnte das einzige sein, das bleibt. – So wie wir es mit dem alten Stadtkern gehalten haben, um den in konzentrischen Kreisen, von radial verlaufenden Straßen in geometrischer Vollkommenheit durchbrochen, Büro- und Wohnkugeln angeordnet wurden. Häßlich sieht das aus. So viel Geometrie. Aber sie ist das, was uns überschaubar macht. Es muß alles überschaubar sein. Labyrinthe haben in dieser Zeit nichts zu suchen. Geheimnisse sind Torheit. Wir werden schon noch einen Weg finden, alles zu wissen, obwohl ich das bezweifle, und dieser Zweifel beruhigt mich. Sie meinen, das wäre ein Widerspruch? Ich schätze Widersprüche.

Sagte ich Ihnen schon, daß sämtliche Straßenzüge, die radial zum Zentrum verlaufen, Einbahnstraßen sind? Was sonst? Im anderen Fall könnten wir zumindest an unseren Ausgehtagen hin- und hergehen, die Stadt durchstreifen, wandern, spazieren, tändeln, mit dem Absatz des einen Fußes auf die Schuhspitze des anderen treten, hüpfen, Kind spielen.

Statt dessen umkreisen wir wie Satelliten das Zentrum, das unter anderem deshalb zur verbotenen Zone erklärt wurde, weil man Einbahnstraßen nur in einer Richtung benützen darf, es sei denn, dringende Umstände, Katastrophen und dergleichen bringen einen in den Besitz eines Passierscheines. Rettungsfahrzeuge,

Panzerfahrzeuge, Dienstfahrzeuge besitzen Ausnahmegenehmigungen – und Fremde. Fremde dürfen die Stadt nach allen Richtungen durchstreifen. Sie dürfen sich überall ausbreiten. Warum auch nicht? Sollen sie nur sehen, wie wir leben, ehe wir neuerlich eine Lockerung der Einwanderungsbestimmungen oder auch nur eine Präzisierung der Einwanderungsauflagen ablehnen.

Tatsächlich wissen wir noch immer nichts Genaues über all diese Bestimmungen, außer, daß man uns auf dem Lande hassen muß, obwohl das Gerücht umgeht, wir wären alle einmal Landbewohner gewesen.

Trotzdem blieben wir freundlich, käme einmal einer dieser Menschen als Gast zu uns. Unsere Abhängigkeit macht uns freundlich zu Fremden und aggressiv zueinander. Freunde sind selten. Auch darum ist es so wichtig, Amir zu treffen. Dieses Gesindel auf dem Land denkt, es bekommt uns mit der Zeit klein. Es denkt, wir müssen nur aus der Ferne eine Türe zuschlagen hören, und schon zittern wir. Wir müssen nur das gleichgültige Gebell von Hunden hören, und schon irren wir aus dem Schatten ins Dunkel, aus dem Dunkel in die Finsternis. Dort ist die Angst zu Hause.

Man erwartet von uns, daß wir uns prügeln, die Zähne fletschen, heulen und sonst nichts im Kopf haben, unfähig, zu erblassen und zu erröten. Aber ich besitze einen Freund, der vielleicht in der Einsamkeit seiner Wohnkugel meiner bedarf, was immerhin möglich ist, wenn auch nicht wahrscheinlich. Angeblich wurde er vor der Stunde Null geboren. Sein Bewußtsein übersteigt das meine damit um ein Vielfaches. So betrachtet, ergibt ein Besuch bei ihm keinen Sinn. Aber über Sinn in meiner Lage zu diskutieren, ist nicht nur absurd, sondern gefährlich. Er gehört zu jenen großartigen Überheblichkeiten, mit denen man besser vorsichtig umgeht. Trotzdem sollte ich Amir besuchen. – Dem Land zum Trotz.

Wenn wir die Straße betreten, haben wir Vorsorge zu treffen, daß wir im Falle unseres Selbstverlustes nach Hause gebracht werden können, was ich Ihnen schon erzählt habe. Die früher erwähnten Computerkarten, Name und Adresse speichernd, außen an der Kleidung deutlich sichtbar angebracht, am besten links über dem Herzen, garantieren, daß wir in die uns betreffende, in die richtige, ich will sagen: in die uns amtlich zugewiesene Wohnkugel zurückgebracht werden.

Diese Karten erlauben den Kontrollposten an der Grenze zum Land hin jederzeit, mit einem einzigen Blick Land- und Stadtbewohner voneinander zu unterscheiden. Sie behaupten zwar, daß es auch noch andere, deutlich sichtbare Unterschiede gebe, aber das halte ich für einen Trick. Solch deutlich sichtbare Unterschiede hätte man an uns gerne festgestellt. Irgendeine Monstrosität. Aber wenn ich in den Spiegel blicke, ist nichts davon zu entdecken.

Sehen Sie selbst – nein, sehen Sie nicht hin. Es ist zu dunkel geworden. Schriebe ich nicht wie ein Blinder, es wäre mir früher aufgefallen. Nun hat mich die Finsternis überrascht, obwohl ich auf sie vorbereitet war. Ich sagte doch, daß der Nachmittag beim Teufel sein wird und auch der Abend. Jetzt sind wir soweit. Es ist Nacht geworden, und die allnächtliche Stromabschaltung läßt es in der Wohnkugel finster werden. Das ist nicht fair. Diese Dunkelheit ist nicht fair. Jetzt, da es endlich lichter wird in meinem Kopf, zwingt man mich zum Schlaf. Es ist nun so still, daß ich die Schleuse öffnen und auf die Stadt hinausblicken kann. Endlich ein bißchen Weite für die Augen. Was für Gedanken man da erfinden könnte, sogar Geschichten. Aber nein, man schaltet den Strom ab, so daß kein Mensch etwas anderes tun kann, als zu schlafen. Ich will nicht schlafen, auch wenn das widersetzlich klingt. Sie haben recht, ein geheimes Talent, von dem ich selber nichts wußte. Einmal, das ist lange her, war ich nicht nur gehorsam.

Während meiner Schulzeit habe ich gegen einige Gebote verstoßen. So betrat ich einmal den Keller und auch den Dachboden, was strengstens untersagt war. Ich glaube, ich brach sogar eine Türe auf. Was ich in Keller und Dachboden wollte, weiß ich nicht mehr. Vom Dachboden aus konnte man die Stadt fast bis an die Grenze zum Land hin überblicken. Ein eigenartiger Anblick. Aber man konnte nur bis an die Grenze sehen, nicht weiter, also war der Besuch unsinnig. Und im Keller – nichts als Finsternis und Grauen und jene quälende Form von Einsamkeit, der man sich nicht einmal durch die Wahrnehmung der eigenen Person entziehen kann, weil man leise zu sein hat, womöglich atemlos, jedenfalls ganz und gar nicht zu sein hat.

Sie haben recht, es ist nicht so, daß ich von überhaupt nichts weiß. Es ist auch nicht so, daß ich über keinerlei Erinnerungen verfüge. Ich verfüge nur über keine Erfahrung, was von allem Wissen erlaubt ist. Es existiert eine empfohlene Vorsicht, sich nicht zu nähern, eine geheime Angst... Ein Wort zuviel, und das Nichts wird zum Zentrum des nächsten Sturmes, dem ich ganz sicher nicht standhalten werde. Das könnte peinlich werden, vielleicht sogar Scham hervorrufen. Ich habe keine Lust, mich zu schämen. Wofür auch? Daß ich lebe, haben andere versucht. Wie ich lebe, bestimmt die Stadtverwaltung. Und was einmal sein wird, weiß ich zum Glück nicht.

Schön, ich werde heute nacht nicht schlafen. Schließlich habe ich mir etwas vorgenommen. Ich wollte einen Plan erarbeiten, was nun mühsam werden wird, da ich meine Gedanken nicht mehr schriftlich festhalten kann. Gedanken zu ordnen, ohne sie jederzeit überprüfen zu können, ohne ihren Fluß zu kontrollieren, ohne den ständigen Abschweifungen auf der Spur zu bleiben, ihren raffinierten Verästelungen nachzuspüren, bedarf äußerster Konzentration.

Ich werde mein altes Tonbandgerät zu Hilfe nehmen. Tatsächlich, mir ist heute, scheint's, nach Hasardieren zumute. Der Besitz eines solchen Gerätes ist verboten. Es steht auf der Verbotsliste, deren Kenntnis Pflicht ist, und die uns allmonatlich von der Stadtverwaltung zugesandt wird. Auf den neuesten Stand gebracht sozusagen. Und dann heißt es vergleichen und auswendig lernen. Unkenntnis schützt vor Strafe nicht. Daher habe ich das Gerät versteckt, was mir nun unsinnig erscheint. Denn wer hätte es jemals finden können. Ich war noch nie etwas anderes in meiner Glaskugel als allein. Und dabei wird es auch bleiben, solange ich hier lebe. Ich werde also meine Gedanken mit Hilfe des Tonbandes zu ordnen versuchen. Das ist neu. Einen solchen Versuch habe ich noch nie unternommen. Daß ich das Gerät auch verwenden, nicht nur besitzen könnte, ist mir bisher nicht in den Sinn gekommen. Ich werde das Abenteuer eingehen, meine Stimme zu hören, Hasard spielen, denn wer kann wissen, was dabei herauskommt, wer weiß schon, was irgendwo herauskommen kann, geschehen wird, passieren möchte.

Ich spreche auf Tonband, und dieses Tonband ist von der Stromversorgung der Glaskugel unabhängig. Batteriebetrieben macht es mich unabhängig von der Stadt. Die soll sein, wo sie will, wie sie will, es kümmert mich nicht. Wenn sie zu sehr lärmt – die Ohren verstopfen. Die Ohren zu und zu und zu. Und dann ist alles gut.

Mein Vorgänger in der Glaskugel hat mir Wachs hinterlassen. Ich wohnte sicher schon zwei Jahre in meiner Kugel, als ich eines Tages völlig unabsichtlich die Rillen zwischen Seitenwand und Querbrett des Bücherregals entlangfuhr. Mit dem Daumennagel, weiß Gott warum, jedenfalls mit dem Daumennagel, der nicht nur der größte, sondern auch der kräftigste von allen Fingernägeln ist. Vier Kugeln habe ich damals aus den gefundenen Resten geformt und erst viel später entdeckt, daß sie sich vortrefflich dazu eignen, die Ohren zu verschließen. Ich glaube, der Besitz von Wachs ist deshalb verboten. Wir sollen hören. Wie anders erreichte uns die Behörde, wenn wir taub oder fast wie taub geworden sind.

Ich hätte das Wachs abliefern müssen, aber ich wollte nicht. Wissen Sie, welches Vergnügen ›die Ohren verstopfen‹ bedeutet? Ein köstliches Spiel. Damals, als ich das Wachs fand, spielte ich ununterbrochen. Es in die Ohrmuschel einstreichen, wieder herausnehmen, neu formen, die Kugeln über den Boden rollen, und dann, nachdem man sich lange genug dagegen gewehrt hat, doch wieder die Ohren verstopfen. Die Ohren verstopfen, die Ohren verstopfen. Und zu und zu und zu. Ich spielte so lange, bis ich eines Tages entdecken mußte, daß jedes Spiel die Kugeln um eine durchaus feststellbare Menge verkleinerte. Da hörte ich auf damit. Es war das letzte Spiel, das mein Spiel war.

Da haben wir es. Ich verplaudere mich schon wieder. Aber die

Geschichte vom Wachs scheint mir nicht unwichtig. Ich meine, daß Sie sie kennen sollten. Ich vermag mich mit Hilfe dieser Kugeln tatsächlich von meinen eigenen Geräuschen zu trennen. Eine absolute Stille, in der ich nicht einmal mein Atmen höre. Nichts. Auf dem Bett liegend, mit geschlossenen Augen bedeutet das: Ich bin NICHT. Diese Erfahrung läßt mich in manchen Augenblicken für mich hoffen; in den Augenblicken vor allem, in denen es mich ekelt, da zu sein, ein lebender Mensch und gleichzeitig nicht mehr als eine Ameisenpuppe in einem Termitenbau, in dem es ununterbrochen krabbelt, sich bewegt, vorwölbt. Ohne Kompaß. Ohne Orientierung. Weder wohin, noch woher. Aber es bewegt sich. Sonst nichts.

Deshalb vermag ich mir auch nicht vorzustellen, eine dieser Fortsetzungskarten zu erwerben, selbst, wenn man mich ließe, was man selbstverständlich nicht tut, denn ich bin ein Findelkind.

Von den Fortsetzungskarten wissen Sie nichts, richtig. Ich habe nicht gedacht, daß Sie das interessieren könnte. Diese Stadt beherbergt ein total geregeltes Leben, und daß sie noch lebt, daß sie IST, verdankt sie unserem Bedürfnis nach Reproduktion, unserer Sucht zu leben und weiterzuleben. In der Haut anderer nach unserem Tod, in den Bewegungen anderer, in deren Irrtümern. Begraben und trotzdem gegenwärtig im nächsten Menschen, gegenwärtig im nächsten neuen und darum alten Menschen.

Es gibt Berechtigungskarten, die diesen Versuch der Reproduktion lenken wollen. Man schaut sich schon an, wer sie erwirbt. Welche der alten, unerwünschten Bedingungen wer wiederholen wird. Da sind Findelkinder selbstverständlich ausgeschlossen. Beschränkung tut not, sagt man uns. Aber offensichtlich verstoßen Tausende gegen das Gesetz, das zu planen versucht, ordnen möchte. Ich denke, es müssen Tausende sein, die dagegen verstoßen. Heimlich und ausdauernd. Und dann ist da wieder etwas, das sich bewegt, schreit, pocht, Anspruch darauf erhebt, Gesicht und Gestalt zu werden, vielleicht sogar Hoffnung zu sein.

Ich verstehe diese Widersetzlichkeit. Ein Mensch, wenn er sich schon wiederholt sieht in der Menschheit, möchte lieber seine eigene Hoffnung sein als eine fremde. Wenn er seine Wiedergeburt vorbereitet, weiß er wenigstens ungefähr, was ihn erwartet. Dennoch behaupte ich, die Barriere bleibt unüberwindlich. Und jede dieser Termiten ist nur wieder ein gescheiterter Flüchtling.

Wie, auf welche Weise diese Menschen aneinandergeraten, habe ich nie erfahren. Ich weiß nicht, wie man in dieser Stadt zu einem Menschen kommt. Ob Mann oder Frau, seitdem ich in der Glaskugel lebe, habe ich mit niemandem mehr gesprochen, geschweige denn jemanden berührt. Sie verstehen, was ich meine. Eine Hand, ein Blick... Um Findelkinder macht man gerne einen Bogen. Das war schon während der Schulzeit so gewesen. Ich bin in einem Internat für Burschen und Mädchen aufgewachsen, und später, als wir größer wurden, hatten alle meine Klassenkollegen ›ihr‹ Mädchen, nur ich nicht. Sie konnten es sich leisten, einem Mädchen den Arm um die Schultern zu legen oder in den halbdunklen Winkeln der langen Korridore zu tuscheln. Findelkindern wurde von vornherein davon abgeraten, und ich habe das auch nie versucht, bis auf einmal, glaube ich, ich bin nicht sicher.

Jedenfalls war die Tatsache, daß ich wahrscheinlich nie eine Fortsetzungskarte erhalten würde, wie eine unsichtbare Barriere, die die anderen von mir abzustoßen schien und mich veranlaßte, in einer gewissen Weise fern zu bleiben. Eine Art Brandmal. Nein, kein Schandmal. Jetzt halte ich es für kein Schandmal mehr, sondern für richtig eingerichtet. Ich möchte nie einer der Tausenden sein, die gegen das Gesetz verstoßen, die irgendwann, so als löste sich eine Sperre, als setzte eine geheime Kraft eine Maschine in Bewegung, vorwärtsstürmen. Blind und ohne Überlegung. Um jenen Zufall zu erzwingen, durch den man an einen anderen gerät.

Vielleicht ist es die Panik, die in der Stadt herrscht, die vorantreibt, die Angst davor, wiederum nur allein zu sein, die alles überwinden, annehmen, in Kauf nehmen läßt. Egal wer, wenn nur ein Mensch, wenn nur ein anderer. Eine Angst, von der ich glaube, sie zu kennen, und die ich nun nicht mehr verstehe.

Es ist gut, allein zu sein. Ich denke, daß Einsamkeit letzten Endes alles ist, was bleibt. Darauf richtet man sich besser von vornherein ein.

Trotzdem wollen wir einen Plan erarbeiten. Oder wissen Sie eine bessere Beschäftigung, da ich zu denen gehöre, die keiner Arbeit nachgehen dürfen. Auch das gehört zum Status eines Findelkindes: kein Beruf. Die anderen, die Abstammenden, haben alle irgend etwas zu tun: in der Müllabfuhr, Verwaltung, als Lehrer, was weiß ich. Es gibt Hunderte von Beschäftigungsmöglichkeiten. Nicht für Findelkinder. Man ließ uns wohl etwas lernen, es ist nicht so, daß wir keine Chance erhalten. Hätte ich, zum Beispiel, im Laufe meiner Entwicklung den Vorstellungen und Wünschen der Stadt restlos entsprochen, wäre ich von ihr adoptiert worden.

Ein Stadtadoptierter. Kein Findelkind mehr. Das bedeutete vielerlei: eine andere Identitätskarte, vermehrte Ausgangstage, irgendeinen Job anstelle von Langeweile, Reproduktionserlaubnis, Nützlichkeit...

Ich hätte nur das Vertrauen der Stadt erringen müssen und meine Punkteliste erfüllen. Das ist eine Art Leistungspaß, in dem eingetragen wird, was es an bemerkenswerten, herausragenden Fähigkeiten festzustellen gibt: das Versprechen, besser als alle anderen zu sein und auch gehorsamer; eine Liste, in der mit Eintragungen belohnt wird, worin man andere übertrifft. Ist sie in allen Rubriken ausgefüllt, wird man zur Adoption vorgeschlagen. Meist machte das der Direktor der Schule, die man besuchte.

Ich bin kein nützlicher Bürger der Stadt geworden. Die Kontrolle der Bewegungen, der Gehorsam der Gedanken, oft geübt, ging mir trotzdem nicht in Fleisch und Blut über. Ich konnte mich stundenlang einer Aufgabe widmen, und dann dachte ich plötzlich an meinen alten Mond oder an eine neue Sonne.

Seit meinem Abgang von der Schule bin ich für die Stadt jemand, den man sich leistet, und ich glaube, den man sich leistet, weil uns das Land nachsagt, wir hätten kein Gefühl für menschliches Leben. Wir sind sicher nicht so, wie man das behauptet. Allerdings wird es immer schwieriger, Vorurteilen entgegenzutreten. Die Stadt beweist ihr Anders-Sein mit uns Findelkindern, die jeder Nützlichkeit entbehren, und die da sind, um zu sein.

Ich bin allerdings nicht sicher: Ob wir *sind*. Das Zittern, wenn ich nachts an die Wand klopfte, und irgend jemand pochte zurück, das Entsetzen, das mich früher beim Hören rinnenden Wassers erfaßte, hat sich lange schon verloren. Ein Entsetzter lebt weder bescheiden noch leise, wenn er die Konsequenzen seiner weit aufgerissenen Augen zieht. Irgendwann hört er mit der Vorsicht anderen gegenüber auf, die man vor allem uns Findelkindern immer angeraten hat: nicht nur behutsam zu sein im Umgang mit Bürgern und Stadtadoptierten, sondern auch mit Wünschen und Worten. Und obwohl ich nie ein Stadtadoptierter wurde, wollte ich mich eines Tages nur mehr der Erde zuneigen, auf Seitenwegen und durch Gräben gehen, weit abseits, abseits von den Bewegungen des Windes und des Echos.

Einen Plan also. Zum wer weiß wievielten Mal sage ich mir das vor. Als ob ich darauf noch vergessen könnte. Plan, Plan, Plan. Mein Gehirn denkt nur noch dieses eine Wort, dabei wüßte ich eine Menge anderer Bilder, an die ich lieber dächte oder an die zu denken vielleicht wichtiger wäre. Ich muß Ihnen davon noch erzählen. Der Besuch des Kellers und des Dachbodens hatte irgendeine Bedeutung. Wir werden noch darauf zurückkommen. Ich fürchte oder ich hoffe es. So genau weiß ich das noch nicht. Nachdenken. Es könnte eine Beichte werden oder eine Art Bilanz, was mich wundern würde, brächte ich sie zustande. Aber einen Versuch wäre es wert. Warum sollen Sie nicht wissen, was mit mir los ist. Sie haben sich auf mich eingelassen, also beklagen Sie sich nicht. Ich bin ein Findelkind. Ich bin ein Narr, richtig. Nun bin ich ein Hasardeur, aber ich ertrage meine Stimme. Sie klingt so fremd, wenn sie vom Tonband zurücktönt, daß ich sie nicht für die meine halten muß. Nein, ich will der Stimme keinen Namen geben. Ich werde meinen Plan allein ausarbeiten.

Vielleicht betrete ich morgen die Straße, ja, morgen in der Früh, das ist ein guter Zeitpunkt, und wandere nicht zum Zentrum, sondern an die Peripherie der Stadt. Daß mir das nicht früher eingefallen ist. Einfach hinausgehen und so tun, als käme ich vom

Land, um einen Passierschein für die Stadt zu beantragen. Den hätte ich ohne Frage zu bekommen, und die Richtung stimmte. Ich will in die Stadt. Ich will noch viel tiefer hinein, als ich bin, auch wenn es mir die Trommelfelle zersprengt. Aber das wird gewiß nicht geschehen. Ich werde hören und sehen, das ist zu befürchten. Bis auf mich wird mir nichts erspart bleiben, vielleicht nicht einmal ich mir. Und dann los. Mit einem Passierschein in der Hand brächte man mich überall hin, wonach ich verlangte, denn man hielte mich für einen Besucher vom Land. Man behandelte mich zuvorkommend und öffnete alle Türen. Man leistete mir Gesellschaft und spräche zu mir. Ich genösse alle Privilegien, die die Stadt zu vergeben hat. Damit endlich ein Landbewohner hört und sieht, damit wenigstens einer einmal begreift, wie wir leben. Ohne Himmelslinie und ohne über-schaubaren Horizont. Daß es über die Stadt hinaus noch eine Welt gibt, die weitergeht und sich verändert, wissen wir nicht. Nicht mit Sicherheit. Oder überhaupt nicht. Ohne Hinausreichen. So leben Tiere. Vor allem: So leiden sie, hat Amir einmal gesagt. Ohne Reflexion. Ohne Trost und ohne Erhebung, denn der Lärm drückt alles nieder. Wenn Schmerz, dann ist alle Welt Schmerz. Wenn Trauer, dann nichts als sie. Wenn Stummheit, dann ist alles stumm, dumpf, unempfindlich. – O ja, warum nicht einmal einen dieser stolzen Menschen vom Land nachahmen, die den Kopf heben und aus ihrem Elend – wenn schon Elend – immerhin hinausblicken können; die wissen, daß die Welt jenseits ihres Blickes nicht, noch lange nicht zu Ende ist.

Wenn ich den Kontrollpunkt von der Seite her anstrebe, läßt sich vielleicht bei den Aufsichtsorganen der Eindruck erwecken, ich käme vom Land. Die Hand auf die Jacke gepreßt – oder sollte ich eine Aktentasche auf das schamlos mich denunzierende Mal, auf meine Ausweiskarte, drücken, die durch ihre leuchtende Farbe sofort erkennen läßt: Ich bin ein Stadtbewohner? –, die Hand oder eine Aktentasche auf die Jacke gepreßt, könnte ich den nächsten Kontrollpunkt in einem Bogen umgehen und mich von der Seite her nähern. Hoch erhobenen Hauptes, mit jener aufgerichteten Haltung, wie man sie nur Landbewohnern nachsagt. Stolz. Nicht demütig. Nicht mit zu Boden gesenktem Blick, wie ihn wir Stadtbewohner gewohnt sind, weil wir ständig den Blick auf den Boden irgendwelcher vorgeschriebener Tatsachen heften müssen, fest und unverrückbar. Weder Himmel noch Hölle, auch keine Träume. Den Boden unter den Füßen streben wir an, der immerhin noch nicht veräußert worden ist, in den wir Tunnel schlagen könnten, um uns zu verkriechen oder um von unten aus in das Land einzubrechen. Wie Maulwürfe: blind und ohne Tageslicht. Abgeschieden und ausgestoßen wie Aussätzige. Wir Aussätzigen müssen zusammenhalten, schreibt Amir in seinem Brief. Wir dürfen nicht aufgeben, schreibt er. Wir müssen um jeden Preis zu überleben versuchen. Einmal wird die Barriere fallen, man darf nicht aufhören, daran zu glauben. Wir müssen nur lange genug überleben. Das ist unsere vordringlichste Aufgabe. Wir sind Zeugen der Zeit. Es müssen Zeugen am Leben bleiben.

Lassen Sie mich. Lassen Sie, um Gottes willen, lassen Sie. Es wird keine Geschichte geben. Nie mehr. Mit diesem Entsetzen zu erwachen ist unerträglich. Früher war es nur das Auftauchen aus dem Lärm. Nun ist es auch der Beginn des Tages. Ich will nicht. Ich kann nicht. Gewöhnung ist der Feind, Erwachen ist der Feind, Ungewißheit ist der Feind, Erinnerungen sind Feinde, Sicherheiten, alles Feinde, die Sie anschleppen. Hören Sie auf. Ich bin kein Zeuge der Zeit. Ich erinnere mich nicht. Ich bin ein Findelkind. Blind geboren, taub geboren, sprachlos geboren. Ich hatte keinen Vater, vergessen Sie das nicht. Wer hätte mich lehren sollen. Auch Amir ist nur ein Fremder. Alle Welt besteht aus Fremden. Hören Sie auf. Ich bin noch gar nicht bei mir, oder ich war es nie. Neugier kann ich mir nur leisten, solange ich mich selbst nicht unbedingt erfahren muß. Solange sicher ist, daß ich jeweils Herr aller Prozesse bin, jederzeit abbrechen, vertagen, neu aufrollen kann, was mir beliebt. Aber diese Freiheit habe ich offensichtlich mit Ihrer Erfindung verwirkt. So kann ich Ihnen nur sagen: Merlins alte Zauberburgen sind verfallen und die weiten Ebenen verwüstet, und es wird keine Geschichte geben, nie mehr, denn ich bin ein Mensch ohne Geschichte.

Ich habe geträumt. Heute nacht habe ich seit langem wieder geträumt. Ich war in der Schule. Ein Mädchen namens Cinderella stand neben mir im Keller, später auf dem Dachboden. Wir pendelten ununterbrochen zwischen Dachboden und Keller, von einem Ort zum anderen. Der Direktor verlangte Auskunft von mir. Er hielt mir Amirs Brief vor und lachte. Plötzlich wurde er böse. Briefe sind verboten, sagte er, eine neue Verordnung. Briefe sind verboten, es sei denn, es sei denn... Er verlangte von mir, noch einmal den Weg zwischen Keller und Dachboden zurückzulegen. Ich lief, aber ich war zu langsam. Ich hetzte die Strecke nochmals auf und ab und dann wieder. Und dann wußte ich, daß es zu spät war. Ich hatte keine Aussage zu machen. Den Brief habe ich nicht verstanden, sagte ich, die vorgehaltenen Bilder nie gesehen. Nur zum Schluß erkannte ich eines: Es zeigte meinen Kopf. Er lag in einer Schlinge. Ein roter Strich durchkreuzte mein Gesicht, und der Direktor sagte: Nun nehme ich das Ende der Schlinge in die Hand. Sie werden mir auf Schritt und Tritt folgen. Dies ist eine Gehorsamsübung. Sollten Sie sich widersetzen, wird sich die Schlinge fester um Ihren Hals schließen, bis sie schließlich...

Wie ein Hund lief ich im Zickzack dem Mann nach. Seine Bewegungen, Körperdrehungen, Wendungen ergaben keinen Sinn, aber ich wußte, daß ich ihnen zu gehorchen hatte. Zum Schluß, als ich müde war, widerrief ich alles, und Cinderella begann zu weinen. Ich weiß nicht, was ich widerrufen habe.

Es war nicht meine Schuld. Lassen Sie mich bitte. Ich weiß auch nicht, wer ich damals war, als dieses Bild von mir angefertigt wurde. Wie ein Tier: ausgeliefert und wehrlos. Wie ein Hund. Ich erkenne die Bedeutung dieses Traumes nicht. Nur Cinderella ist mir daraus bekannt. Sie besuchte drei Jahre lang die gleiche Klasse wie ich und war ein Findelkind wie ich. Ich mochte sie. Eines Tages war sie fort, und ich weiß nicht wie und nicht was. Ich erinnere mich nicht. Ich dachte, wenn ich will, weiß ich, was früher geschah, aber ein Leben im Dämmern ist alles, was sich finden läßt. Damit muß ich mich wohl abfinden. Alles ist nicht erinnerbar unter dem Schutt, der ein Mensch im Laufe seines Lebens wird und unter dem er langsam versinkt, die Augen schließt, bis sich andere Augen hinter den Augen geschlossen haben. Das wäre mir recht. Zuerst ist es das Gedächtnis, das im Stich läßt, dann sind es die Erinnerungen, die täuschen. Alles wird zugenäht und vereist. Die Glätte der Haut ist die Grenze zur Welt, einfallslos und dicht. Ich bin wie eingemauert, dafür jedoch im Einklang mit meiner erlernten Welt. Aber das gibt es doch nicht, meinen Sie? Ich bin versucht, Ihnen recht zu geben. Das gibt es nicht wirklich – oder? Ich kenne die Stadt. Ich habe sie früher des öfteren betreten. – Das bedeutet Verletzung. Ich werde sie vielleicht wieder betreten. – Das bedeutet, wiederum verletzt zu werden. Ununterbrochen ereignet sich etwas, das sich eingräbt, aufdrängt, in die Haut ritzt, einsickert, schreit, brüllt, flüstert. Ohne Rücksicht. Und man vermag sich davor nicht zu schützen: kein Panzer, keine Taubheit, und in diesen Augenblicken auch nicht meine Wachskugeln in den Ohren.

In diesen Augenblicken ist nichts, wie ich es wünsche. Die Träume, die Flut der Gedanken, lange zurückgehalten, da sind sie wieder. Dann knie ich im Bett, die Arme um die Ohren gepreßt, und es nützt nichts, nichts. Ich höre mit meiner Haut. Ich höre mit meinen Ellbogen und Zehen. Ich höre Ihre Stimme und die anderer. Alle Welt bricht auf, und wenn ich sage, alle Welt, so meine ich das ganz genauso. Aber Augenblicke später, und meine Haut ist wieder hell, glatt, zugenäht, denn ich fürchte die Wahrheit.

Eine schöne Wohnung haben Sie sich da ausgesucht. Frieren Sie ebenso? An der Uhr lese ich, daß es später Nachmittag ist, und ich erinnere mich wieder einmal an nichts. In meinem Kopf steht einzig das Entsetzen des Erwachens: *Ich bin.* Wird das denn nie aufhören? Sie kennen das nicht. Ich meine die Angst davor, sich eines Tages, zu einem Zeitpunkt, da man mit nichts rechnet, sich selbst gegenüberzustehen, und keine der gewohnten Abwehrbewegungen wird helfen. Mußte das sein? – Die Träume, die Flut der Gedanken, der Brief...

Ich war schon fast ohne Angst. Ich war schon fast ohne Wünsche. Ich hatte das Land vergessen und auch, daß ich dort beinahe zu Hause gewesen wäre. Ich hatte Cinderella aus den Augen verloren – und daß es einen Horizont über den Horizont hinaus gibt, die Folter der Vorstellungen, die Qual der Fantasie. Ich hatte Amir vergessen und daß ein Mensch, wenn er nur ein wenig Glück hat, so er nur ein wenig Glück hat, durchaus einen Freund haben könnte, was immer das ist. – Die Freiheit zum Verrat gewähren und die Sicherheit erhalten, daß er nicht vollzogen würde. – Das hat Amir mir einmal gesagt. Begreifen Sie, wie sehr ein solcher Satz mein Vermögen übersteigt?

Ich hatte sogar auf das Mißtrauen vergessen, das ich allen meinen Erfahrungen gegenüber hege, gelernt habe, hegen zu müssen. Denn was für einen Menschen in dieser Stadt sicher ist, worauf er sich verlassen darf, ist für ein Findelkind fragwürdig, ohne Gewähr. Ich meine nicht die unausweichlichen Regelungen unser Leben betreffend, die mich ebenso meinen wie alle anderen, die uns lediglich unter Kontrolle halten sollen und verhindern möchten, daß einer eines Tages Fragen stellt, die ihn nie mehr blindlings leben lassen werden.

Ich war tatsächlich schon fast zufrieden mit der einförmigen Abwechslung von blindem Lärm und trostloser Stille. Ein Tag wie der andere, in der Langeweile der Gewohnheiten und der Zufriedenheit der Taubstummen, dessen einziges Ziel ist – abgeschirmt von aller Welt –, sich so lange in die Stummheit seines Ich zu versenken, bis er ganz tot ist. Und nun das alles: Sie, in meinem Kopf, der Brief. Da ist etwas. Etwas ist und ich ... und ... Ich kann nicht.

Ich will nicht. Ich will Ihnen nicht erzählen, wer Cinderella war. Ich weiß es nicht. Auch der junge Bursche, der mit offenem Mund vor der Welt stand, einmal, ebenso verwundet von der Grausamkeit wie von der Schönheit, dessen Leben noch nicht zum Stillstand gekommen war, soll Ihnen fremd bleiben. Er hat sich früh geübt im Gehorsam und im Schweigen. Selbst Styx' Verse hat er nur leise vor sich hingesagt, hinter den verschlossenen Türen des Kopfes. Ich will auf dem Rücken liegen und die Kugelwand anstarren. So liege ich am besten. Ich zittere etwas, aber das wird bald vorübergehen. Die Hüter der Wahrheit sind streng, nur die Lügen nachsichtig. Das habe ich immer gewußt.

Ich wollte einmal eine Freundin haben, fällt mir ein. Damals. Ich glaube, in der achten Klasse. Ich wollte sie ganz genauso wie alle anderen. Nicht anders. Sie dürfte Cinderella ähnlich gesehen haben. Vermutlich waren ihre Haare blond. Blond, das ist es, mit einem rötlichen Ton, wenn die Sonne darauffiel. An dieser Erinnerung ist etwas falsch. Die Sonne. Die Sonne gibt es seit langem nicht mehr. Egal. Vielleicht erzähle ich Ihnen die Geschichte, damit Sie aufhören, mich nach der meinen zu fragen. Dazwischen sollte ich wenigstens versuchen, auf die Straße zu gehen, damit etwas passiert. Es ist durchaus möglich, daß etwas passiert. Ich fühle es. Oder es ist schon geschehen.

Merlins alte Zauberburgen standen alle auf Hügeln. – Nein, damit beginnen wir nicht. Das Unheil fängt mit den harmlosen Sätzen an. Vielleicht könnte mich ein Drache trösten. So viel Unvernunft, das ist die Garantie für den Fortbestand der Zeit. Also doch die Geschichte mit meiner Freundin.

Ich wollte sie, wie gesagt, ganz genauso, wie die anderen eine hatten, nicht anders. Ganz genauso. Ich hatte keine besondere Beziehung zu dem Mädchen, dem ich nachlief, aber die hatten die anderen zu ihren Freundinnen auch nicht. Sie war blond, jetzt bin ich sicher, blond und ganz nett, glaube ich, eine unauffällige Schülerin, und sie war ein Bürgermädchen erster Ordnung. Das bedeutete von vornherein Schwierigkeiten. Ein Bürgermädchen erster Ordnung und ein Findelkind, das konnte nicht gutgehen. Aber vielleicht wollte ich abgewiesen werden. Vielleicht wollte ich scheitern. Andererseits war ich damals nahe daran, ein Bürger dieser Stadt zu werden, also durfte ich mir doch gewisse Hoffnungen machen. Noch ein paar Punkte auf meiner Liste und ich hätte es geschafft gehabt, ein Stadtadoptierter zu sein. Ich weiß nicht, warum daraus nichts wurde und wo die Liste hingeraten ist.

Ich bot dem Mädchen zuerst meine Hilfe bei Schulaufgaben an. Ich wußte, sollte sie jemals mit mir reden wollen, mußte ich ihr nützlich sein können. Wir hatten damals eine Menge Prüfungen abzulegen, und die Prüfungen wurden streng abgenommen. Schließlich kostete unsere Ausbildung viel Geld. Diese Ausgabe hatten wir zu rechtfertigen.

Ich war ein recht guter Schüler, mein Notendurchschnitt lag immer über der geforderten Norm. Trotzdem war meine Chance, akzeptiert zu werden, nicht allzugroß, aber zu meiner Überraschung nahm das Mädchen mein Angebot an. Wir ließen uns beim Direktor als Lerngemeinschaft registrieren. Immerhin, das war schon etwas.

Wir saßen wochenlang jeden Nachmittag beisammen und lernten. Und obwohl ich allein war wie früher, im Grunde ganz genauso allein, sah es doch anders aus. Manchmal rückten wir nahe zusammen, berührten einander. Der Stoff ihres Kleides und der Stoff meines Hemdärmels scheuerten aneinander, wenn auch nur für Augenblicke, und ganz so, als ob es aus Versehen geschehen wäre. Ich glaubte selbstverständlich an kein Versehen. Das ist einfach zu erklären. In diesem Alter erliegt man leicht allerlei Vorstellungen, auch allerlei Glauben. Man glaubt an eine Gemeinsamkeit in der Welt – für alle. Man glaubt an ein gemeinsames Dunkel und ein gemeinsames Licht. Und man denkt, daß es nur eine Frage der Zeit oder des Blickwinkels ist, eine Art Gemeinschaft zu entdecken. Nicht Liebe, kommen Sie mir damit lieber nicht. Selbstverständlich liebt jeder jeden. Wie anders könnten wir sonst zu Fremden freundlich sein. Wir müssen uns das vorsagen.

Eines Tages wollte ich es genau wissen. Vielleicht, weil alles zu einfach schien, und ich anfing, mich an diese Einsamkeit zu gewöhnen, ohne zu leiden. Vielleicht wollte ich meinem Schicksal entkommen und noch einmal zu leben beginnen; das Tönen des leisen Schmerzes, das Zusammenziehen in der Brust fühlen, mein Zucken und Anschlagen an den Mauern, die zwischen mir und der Welt standen. Vielleicht aber wollte ich das Mädchen nicht nur in meinem Zimmer haben, sondern für mich. Einmal versuchen, sagte ich mir. Warum nicht. Manchmal war ich auf den Stiegen, in den weitläufigen Gängen unseres Internates auf Pärchen gestoßen, und nun ahmte ich einfach nach, was ich im Vorübergehen erblickt hatte, den Ablauf eines immer gleichbleibenden Rituals. Sich neben ein Mädchen stellen, den Arm um die Schultern legen, mit der anderen Hand das Kinn erfassen und das Gesicht ganz nahe an das eigene ziehen, bis man schielen muß, will man dann noch die Augen offenhalten.

Sie ahnen die Fortsetzung? – Meine Freundin war sie nicht. Ich habe nie eine gehabt. Sie trat einen Schritt zurück und wurde stocksteif. Ich Narr fragte sie auch noch nach dem Warum. Sie hätte sagen können: Weil es das Gesetz verbietet. Weil ich dich nicht genug mag, weil ich es mir überlegt habe. – Sie sagte etwas ganz anderes: Bei aller Bekanntheit scheint es doch vernünftiger, einander, so gut es geht, fremd zu bleiben. Keine Berührung, bitte.

Nein, keine Berührungen. Wir wollen einander Fremde bleiben. Wir wollen dieses unsinnige Spiel des Vertrautwerdens vermeiden. Dieses Tun, als ob ein Mensch einem anderen jemals vertraut werden könnte. Als ob sich die Barriere überwinden ließe, die wir um uns aufbauen. Als ob es ratsam wäre, sie zu überwinden oder auch nur wünschenswert. Trotz aller Sucht, sich zu vermischen, fortzupflanzen und durch die Tage zu taumeln.

Ich war nicht betroffen. Irgendwo hatte ich diese Antwort erwartet und gesucht. Irgendeine Tiefe in mir hatte sie gekannt, ehe sie ausgesprochen worden war, lange zuvor schon bestätigt. Sacht erhebt sich das Sichtbare, damit es verfallen darf und der Täuschung ein Ende bereiten. – Das ist nicht das, was ich damals gedacht habe. Ich hatte mich keiner Täuschung hingegeben. Ich hatte lediglich Bestätigung erwartet, um mich ab nun ohne Vorwürfe der Fremdheit anvertrauen zu können. Ich weiß nicht, warum.

Vielleicht, um mich von nun an von meinen Träumen demütigen zu lassen. Das ist nicht zu erklären. Später. Kann sein. Oder nie. Man muß versuchen, die Augen auf den Tag zu richten.

Es ist schwierig für mich, so zu erzählen, wie Sie es erwarten. Ich meine, in einer Weise, die Ihnen erlaubt, ohne Mühe zu folgen. Es ist nicht möglich, das Vergebliche sichtbar zu machen, außer es geschieht. ›In der dunklen Kühle der Schatten...‹, das habe ich einmal bei Styx gelesen. Kann auch sein, daß ihn Amir zitierte. Und nun spreche ich das nach, wie viele andere Worte auch. Ich sage Kälte. Ich sage Hitze. Ich sage Finsternis. Ich sage Plan und Perfektion, aber die tote alte Welt bleibt tot. Vergessen Sie das alles. Ich werde jeden Umweg mehr würdigen als das Leben. Wahrheit ist kostbar, weil sie so selten ist, sie ist das Rätsel des Sonnenunterganges, und das Geheimnis des Vollmondes. Genug.

Meine Hände sind blaugefroren. Draußen ist es bitter kalt, und ich möchte nichts als schlafen. Was habe ich heute morgen getan? War der Alptraum das Ende der Nacht oder der Beginn eines späteren Erwachens? – Ich weiß es nicht. Das Tonband habe ich nun abgehört. Es ist leer. Ich wollte die Straße betreten. Ich wollte eine ganze Stadt täuschen, alle strengen Wächter, die feuerspeienden Drachen und Höllenhunde. In meinen Vorstellungen war alles bereit, aber sie scheinen ebenso fehlzugehen wie die Vorstellung von Styx' Versen. Ich meine die Bilder zu seinen Texten. Seen und Gebirge. Ich dachte, ich kenne diese Bilder, aber das scheint nicht der Wahrheit zu entsprechen. Ich sehe sie deutlich vor mir, wenn ich die Augen schließe, so sicher wie ich glaubte, die Straße betreten und einen gefaßten Plan durchführen zu können. Der Plan scheint gescheitert. Und das Bild? Wenn meine Vorstellungen in einem Punkt fehlgehen, müssen dann nicht alle Vorstellungen fehlgehen?

Die Kälte verändert alles, die Bewegungen, Wahrnehmungen, alles. Es ist die gleiche Fremde, die ich in meinen Erinnerungen betrete, die mir entgegentritt. Nichts ist selbstverständlich oder verständlich. Ich weiß, daß ich es bin, der Hände, Beine und den Kopf bewegt, und trotzdem... obwohl ich all das sicher weiß, fühle ich es anders. Wenn ich jetzt etwas entdeckte, auf das ich nicht vorbereitet bin, ich glaube, ich würde es nicht wiedererkennen. Vielleicht würde ich erschrecken, was und wie fragen. Trotzdem muß ich Genaues über mich erfahren, so absurd dieser Vorsatz erscheint. Ich muß versuchen, da ich nicht weiß, welches zukünftige Ereignis mich betreffen wird, alles griffbereit herzurichten. Für den Fall, daß ich, zum Beispiel, in der Nacht erwache. Das Tonbandgerät. Die Batterie nachladen. Eine Schnur vor die Schleusentüre spannen, die reißt, wenn die Schleuse geöffnet wird. An der gerissenen Schnur läßt sich möglicherweise ablesen, ob ich die Stadt betreten habe, auch wenn die Erinnerung daran versagt, auch wenn alles andere versagt.

Cinderella. Ich glaube, sie ist tot. Etwas sagt mir, daß es so sein muß. Wir haben uns oft unterhalten. Diese Erinnerung verwirrt mich. Das Geheimnis der Sonnenuntergänge, wie ich eben sagte, das Rätsel der Gezeiten, nichts davon hat mich wirklich interessiert. Aber es war etwas, worüber man mit Cinderella reden konnte. Na schön, wahrscheinlich war ich heute auf der Straße und wurde bewußtlos nach Hause geschafft. Meine Erschöpfung und meine blaugefrorenen Finger lassen das vermuten. Handschuhe beantragen. Die bekomme ich nie, sagt die Stimme in meinem Kopf, sonst schweigt sie.

In den Wintermonaten, vor allem dann, wenn Schnee gefallen ist und auch dadurch, daß der Tagesanbruch später stattfindet, fühle ich mich zumeist besser als im Sommer. Die Nächte dauern länger, die Glaskugel ist stabiler. Sie friert ein, und das festigt sie. Allerdings friere ich selbst auch. Wenn die Landbewohner die Lieferung von Heizmaterial drosseln, und das geschieht zumeist im Jänner, weil dann auch auf dem Lande der Winter am strengsten, der Frost am heftigsten sein soll, werde ich zumeist überhaupt nicht beteilt. Das heißt, niemand von uns erhält Kohlen- oder Holzlieferungen. Eine solche Vorgangsweise wäre zu aufwendig. Die Handhabung ist viel einfacher. Unsere Wohnkugeln sind mit Röhren versehen, durch die heißer Dampf strömt. Irgendein Mensch in irgendeiner Zentrale – das sagte man uns zumindest im Stadtkundeunterricht so – schiebt, wenn die Außentemperaturen sinken, eine Programmkarte in einen Computer, der die Beheizung der gesamten Stadt reguliert.

Meine Adresse fehlt auf dieser Programmkarte. Ich bin ein Findelkind und Kälte gewöhnt. Außerdem habe ich in den Jahren des Erwachsen-Werdens nie Kontakt zu anderen Menschen gefunden und es daher nie zu nützlichen Verbindungen gebracht. Abgesehen von Amir kenne ich niemanden persönlich. Die Männer, die allmorgendlich das Eßpaket zur Schleuse hereinschieben, zählen nicht. Seit ich hier wohne, habe ich noch nie mit ihnen gesprochen. Ich glaube, persönliche Kontakte sind sogar verboten. Aber ohne nützliche Verbindungen in der Stadt zu leben ist schon für einen normalen Bürger mit allerlei Beschwernissen verbunden. Findelkinder sind darüber hinaus in besonderer

Weise verdächtig. Sie sind Menschen ohne Geschichte. Auf Geschichte kann man sich verlassen. Wenn auch die Informationen widersprüchlich bleiben, darf man immerhin so tun, als wüßte man Genaues. Das läßt die Zeit vertrauter und die Menschen vertrauenswürdiger erscheinen. – Ich bin nie vertrauenswürdig geworden. Daher besitze ich auch nur eine Identitätskarte schlechtester Kategorie, was bedeutet, daß Ansuchen meinerseits kaum jemals Aussicht auf positive Erledigung haben. Was auch bedeutet, daß ich weniger Ausgangstage zugeteilt erhalte als andere Bürger und daß Amir vielleicht lange wird warten müssen.

In seinem Brief hat er unter anderem geschrieben, daß er sich an mich deshalb so deutlich erinnert, weil ich fortgesetzt nach der Stunde Null gefragt hätte, nach deren Ursachen und Verursachern. Damals habe er mir nicht antworten dürfen, es auch nicht für ratsam gehalten, weil eine Wahrheit, zum unrechten Zeitpunkt ausgesprochen, sich schlimmer als eine Lüge erweisen kann. Außerdem habe er abwarten wollen, ob ich nicht die eine oder andere Antwort selber finden würde. Nun sei er bereit, alle meine Fragen zu beantworten, auch wenn ihm das vielleicht da und dort aus persönlichen Gründen schwerfallen sollte. Denn im Gegensatz zu meinen Klassenkollegen sei ich von meinen Fragen nicht einmal durch Disziplinarstrafen abzubringen gewesen, die er hatte verhängen müssen, weil es das Schulgesetz so verlangte.

Ich wollte nie alt werden, dessen erinnere ich mich, obwohl ich alte Menschen immer mochte. Das weiß ich von damals. Ich wollte so früh wie möglich untergehen, um mich nicht eines Tages doch noch im Gewirr der Straßen wiederzufinden, die das Leben einspinnen. Amir ist alt, das ist meine einzige Erinnerung an ihn. Alles andere habe ich vergessen: sein Gesicht, seine Stimme. Das macht es schwierig, an ihn heranzutreten. Wahrscheinlich erwartet er Erinnerungen meinerseits, irgendwelche Vorstellungen wenigstens; knüpft womöglich Erwartungen daran; Erwartung auf Antwort, nicht bloß Fragen.

Das wäre nur allzu verständlich. Wir hoffen alle, irgendwann Spuren zu hinterlassen, irgendwo Spuren, so unsinnig diese

Hoffnung erscheint, so gefährlich. Ich kann mir vorstellen, daß es Genugtuung bereitet, Erinnerungen hervorzurufen. Aber welche Spuren? Wie und zu welchem Ende Spuren? Auf diese Frage wollte ich verzichten, um mein Spiel zu retten, und nun stelle ich sie doch wieder. Gewiß denkt Amir, daß mein junges Gedächtnis seinem alten zu Hilfe kommen wird. Wie der Drachentöter oder der Ritter in der weißen Rüstung. In Styx' Traumbuch kommt das vor: die Geschichte von der Lösung aller Verstrickungen.

Ich bin weder Drachentöter noch Ritter, nicht einmal einer in einer schwarzen Rüstung. Ich bin ein Findelkind, dessen Erinnerungen kaum in die Zeit zurückreichen, da es noch unter Menschen gelebt hat. Wenn ich zurückdenke, erinnere ich mich lediglich eines langen Alleinseins, das mir im nachhinein ununterbrochen erscheint. Es hat mich nie bedrückt, oder ich wollte die Bedrückung nicht wahrhaben. Die Herausforderung, hinzusehen, wollte ich gewiß nicht annehmen. Man kann sich nachher nicht wegdrehen und sagen: Es war nichts. Das war sehr wohl etwas, auch wenn man es gerne geleugnet hätte. Es ist wie mit der Leere, die nicht den unberührten Orten entspricht, sondern dem Verlust. Etwas war und was immer – die Leere erinnert daran. Ich werde nie mehr davon wissen, aber immer wissen, daß es verlorenging, unerfüllt blieb, und ich hätte es tun können. Oder es hätte mich getan. Wahrscheinlich hat mir das das Fremdsein immer so verlockend erscheinen lassen: die Sehnsucht nach dem Nichts, das alle Schwere von mir genommen hätte und Schatten auf unsere Gesichter gelegt. – Nur die Dunkelheit kennt Gnade.

Weg damit. Ich will mich nicht stellen. Sie halten es nicht anders. Sie, in der Glaskugel meines Kopfes – wo sind Sie jetzt? Zuerst Ihr Geflüster und nun Ihr Schweigen. Sie hatten versprochen, sich in meinem Gehirn umzusehen, während ich abwesend bin, Sie hatten herausfinden wollen, was sich mir verbirgt. Sie wollten dem Ungeübten zur Seite stehen, der lange keine Antworten hat finden müssen. Schließlich, wer seit Cinderellas Tod hätte sie von mir wünschen können. Wenn niemand fragt, niemand weiß, niemand spricht, ist es gut, keine Antwort zu kennen. Diese Gedanken, die sich im Kopf gestalten und formen wollen, nach außen drängen, suchen, sich mitteilen möchten, hinausquellen. Der Lärm, den sie erzeugen. Dagegen hilft dann nur noch das Dröhnen der Stadt. Oder eine Geräuschplatte. Oder besser erst gar nicht hinhören. Ich jedenfalls weiß niemanden, der meine Antwort gewünscht hätte, und Cinderella liegt so lange zurück. Sie und ihr blondes Haar, der Sonnenuntergang und der Vollmond, das andere weiß ich nicht mehr.

Ich erinnere mich nicht. Immer dann, wenn ich die Schleusentüre öffne, bedrängt mich der Lärm. Immer dann, wenn es Winter wird, friere ich, aber mir ist kein Unglück widerfahren. Ich sage Ihnen, nicht einmal ein Unglück, kein Widerhaken, kein Stachel, und das ist schlimm. Das erinnert mich an ein Buch, das ich einmal gelesen habe, das heißt, ich entsinne mich nur eines Satzes: ›Endlich nicht mehr sterben müssen.‹ Das Leben als unaufhaltsamer Prozeß, als ununterbrochener Verlust. Aber der Mensch, der da redete, hatte Geschichten zu berichten, über sich, über andere, hatte einen Kopf voll Geschichten, die er, während er sprach, erfand, verlor, wiedergewann. Seite um Seite redete er, ich weiß nicht mehr was, aber am Schluß dachte ich: Jetzt fängt alles erst an. Nichts schien zu Ende, und der Kopf des Mannes war noch immer voll Geschichten. In diesem Spiegel schien das ganze Leben plötzlich unerschöpflich. Was für ein Reichtum, der hier verlorenging. Was für ein Besitz. Der Mensch erweckte den Eindruck, gelebt zu haben. Er wußte offensichtlich, daß ihm der Tod gewiß war und daß er sich ihm unaufhaltsam näherte, aber während er starb, wie er meinte, gebar er Erinnerung um Erinnerung. Er hatte etwas zu verlieren, verstehen Sie? Das nenne ich ein beneidenswertes Sterben. Unter diesen Voraussetzungen! Sich überstürzendes Leben. Weder gut noch schlecht, weder wohlgeordnet noch unfaßbar. Ein Chaos, das alle Möglichkeiten vorbereitet. Ich wollte keine anderen Bedingungen stellen, wenn es wenigstens schmerzte.

Ich weiß nicht, ob ich den Schmerz hingenommen hätte. Ich bin nicht sicher. Wenn sich ein Fluchtweg ergeben hätte... Möglicherweise hätte ich ihn benützt, denn ich habe nie lachen können. Nur in der Dunkelheit zu leben, habe ich mit einem gewissen Wohlbehagen gelernt. So verfasse ich Mitteilungen ohne Ziel, an keinen Adressaten gerichtet, ohne Geschichte. Ein unsinniger Versuch, meinen Selbstgesprächen zu entgehen und nicht vergessen zu lassen. Jetzt, plötzlich, ohne daß ich es begreife. Und vielleicht wiederum nur als Flüchtling, den hungert, und der dann nach Nahrung verlangt; der weiß, daß sich sofort ein Bild von dem einstellen wird, was erst kommt, es in seinem Kopf vorwegnimmt und trotzdem sicher sagen kann, daß es IST. Der weiß, daß es sich dabei nicht nur um die Erfahrungen handeln kann, die er in langen Jahren mit der Fütterung seines Bauches erworben hat, der fühlt, daß sich da noch etwas anderes regt: die Geschichte von Millionen von Termiten, in deren Bau er eine Puppe ist, und die – obwohl in seinem Kopf – Bilder formen, die nicht die seinen sind.

Ich will mich keinen Täuschungen hingeben: Auch das ist Geschichte, aber keine, die sich zu erinnern lohnte. Hier setzt sich ein Plan durch, den ich nicht geplant habe und den ich nicht planen konnte. Nur ganz selten, nur an manchen Tagen ist da noch etwas anderes, das sich nicht klären läßt. Die Antwort auf Hunger, Frieren, Bedrohung begreife ich: essen, wärmen, flüchten. Die Antwort auf Einsamkeit… Ein Mann schreibt einen Brief aus der Tiefe seiner Erinnerungen, und ohne Vorwarnung steht da plötzlich wieder der magere naive Junge, der nichts anderes will, als für wahr halten dürfen, was ihm begegnet. Gegen alles erlernte Mißtrauen. Gegen das Urmißtrauen des Menschen dem Menschen gegenüber. Und der plötzlich wieder seine Koffer pakken will, da geht er, hinaus, hinaus, denn da ist etwas, das alle gesicherten Voraussagen sprengt. Da geht er, womöglich in den Tod, den er nie sterben wollte.

Ich muß herausfinden, was da geschieht. Ich muß herausfinden, wohin er geht, der Flüchtling vor der Zeit und dem Leben. Erst dann können wir weitersehen.

Und nun lassen Sie mich in Ruhe mit Ihren Fragen. Ich bin müde.

Ich fühle, daß ich nichts klären werde. Schweigen Sie. Vorhin wollte ich, daß Sie mit mir sprechen, nicht jetzt.

Ich weiß, ich sollte hinausgehen. Aber ich muß meinen Ausgangstag abwarten. Ich kann vorher keine Entscheidung fällen. Ein langer Aufschub, und die Müdigkeit gewährt den nächsten, den nächsten, den übernächsten.

Meine Glaskugel ist eingefroren, und die Stille frißt mich ebenso wie früher der Lärm.

Wenn ich morgen nicht hinausgehe, habe ich aufgegeben. Aufschreiben: Ich darf nicht.

Es ist ein großer Schmerz, allein zu leben, hat Amir in seinem Brief geschrieben, es ist noch ein größerer Schmerz, unter Menschen zu sein. Aufschreiben. Nicht vergessen. Vergessen, das ist der langsame, sinnlose Tod unter Oleanderbüschen in Rot und Grün.

Aber ich sitze in einer Glaskugel. Und das Bild vom Oleander ist vielleicht ein Irrtum. Es müßte allen meinen Anstrengungen standhalten, wenn es Wahrheit wäre.

Und nun gute Nacht. Ich muß Kräfte sammeln. Ich habe das Gefühl, meine alten Fehler durch neue zu ersetzen. Sonst wird sich nichts ereignen.

Als ich heute erwachte, erwachte ich durch ungewohnte Wärme. Ich muß das festhalten. Die Heizröhren entlang meiner Glaskugel sind erwärmt. Mein Körper fühlt sich seltsam lebendig an, meine Gedanken fließen langsam und geordnet.

Ich erinnere mich, daß ich gestern meinte, meinen Ausgangstag abwarten zu müssen. Das war falsch, denn diese Tage werden nicht vorgeschrieben. Es steht uns eine bestimmte Anzahl pro Jahr zur Verfügung. Die Zahl schwankt je nach Bürgerklasse. Es ist nicht so, daß jeder Bürger die gleichen Bedürfnisse hat oder haben darf. Die Ausgangstage werden automatisch zugeteilt, verfallen nicht, müssen nicht sofort konsumiert werden. Wir dürfen die Tage wählen, können sie aufheben, sozusagen zusammensparen. Apropos, haben Sie schon einmal einen Tag ins Sparschwein gestopft, um ihn dann hervorzuholen, wenn Ihnen der Zeitpunkt richtig erschien? Sie werden nie wissen, ob Sie richtig gewählt haben. Alles bleibt Experiment, was nicht in unseren Gesetzen unumstößlich festgelegt ist. Wir dürfen also unsere Ausgangstage selber wählen. Trotzdem kann es geschehen, daß es nichts wird mit dem Hinausgehen. Vor dem Betreten der Straße müssen wir einen Knopf betätigen, der einem zentralen Computer unseren Wunsch bekanntgibt. Leuchtet ein rotes Licht über der Türe auf, bedeutet das, daß das Fassungsvermögen der Straßen ausgelastet ist. Dann heißt es warten, bis das Licht wieder erlischt. Das kann rasch geschehen. Oder erst später.

Warum ich Ihnen die Sache von den Bons erzähle, hat folgenden Grund. Ich war seit Jahren nicht mehr auf der Straße, bis auf heute morgen – davon später – und vielleicht noch einmal, was ich nicht sicher wußte. Meine Überlegung ging also dahin, daß ich Dutzende von Gutscheinen in der Glaskugel herumliegen haben mußte, und selbst wenn ich sie vernichtet haben sollte, weil sie mir unnötig erschienen waren, wäre noch immer nichts verloren gewesen. Ich hätte Duplikate beantragen können. Bei uns existiert für alles irgendeine Liste. Alles wird registriert. Es darf nichts verlorengehen. Besitz ist kostbar und verboten. Oder verboten, weil kostbar, oder kostbar, weil verboten. Was jedoch erlaubterweise besessen wird, ist unverlierbar. Es gibt keinen Diebstahl und keine Geschenke. Alles zugewiesen. Meine ungenützten, aber rechtmäßig zugeteilten, behördlich genehmigten Ausgangstage sind nur verbrauchbar, nicht verlierbar.

Als mir das einfiel, begann ich die Gutscheine zu suchen. Ich fand sie in der dritten Schreibtischlade, von oben gezählt, in der ich aufbewahre, was ich nicht weggeben will, wovon ich aber gleichzeitig meine, daß ich es nicht benötigen werde. Es sind genau 58 Stück. Das bedeutet, daß ich seit fünf Jahren in der Glaskugel wohne, und da zwei Bons fehlen, was sich an der fortlaufenden Numerierung verfolgen läßt, war ich einmal vorgestern auf der Straße, wie ich es vermutete, und heute morgen zum zweiten Mal. Außerdem ist die Schnur vor der Schleuse durchgerissen. Auch das beweist, daß ich draußen gewesen bin. Allerdings vergeblich draußen. In der Wärme ist das nicht so schlimm zu denken. Und dann muß ich die Kälte in Rechnung stellen. Ich habe den angestrebten Kontrollpunkt sicherlich nicht nur des Lärms wegen, sondern auch der Kälte wegen verfehlt. Ich besitze keine Winterbekleidung. Bis jetzt ist sie mir nicht abgegangen. Ich sah keine Notwendigkeit darin, die Straßen im Winter zu betreten. Zu betrachten, ja! Die schneeverwehte Stadt vor allem, in der sogar der Lärm der Panzerfahrzeuge erstickte. Weiß, alles weiß, und wenn ich an weiß denke, denke ich immer an weich. Weiß und weich. Die Stadt – diese Stadt – kann weiß und weich sein. Aber das ist vielleicht der Versuch eines Betruges.

Die Straßenpatrouille, die mich nach Hause gebracht hat, muß eine Erwärmung meiner Glaskugel beantragt haben, um mich aufzutauen, vielleicht fördert das mein Erinnerungsvermögen. Manche Patrouillen verfügen über die verschiedensten Vollmachten. Es muß nur ein länger dienender Beamter dabei sein oder wenigstens ein zweimal belobigter, jedenfalls ein Mensch, der nach Meinung der Stadtverwaltung seine Eignung, Situationen rasch und richtig zu beurteilen, unter Beweis gestellt hat. Da kann es dann passieren, daß man in einer erwärmten Glaskugel erwacht.

Ich weiß, ich sollte dankbar sein oder wenigstens froh. Eine Zeitlang war ich das auch. Aber jetzt suche ich den Haken an der Geschichte. Ich habe Erfahrung mit dieser Stadt. Alles hat seinen Preis. Sicher, die Behörde versucht sogar Findelkindern gegenüber im Rahmen ihrer Möglichkeiten ein gewisses Entgegenkommen an den Tag zu legen. Es ist nicht so, daß man uns gar nicht will, es ist nur so, daß man uns immer zuletzt will. Ein Mensch, der keine Auskunft über sich erteilen kann, ist nicht erfaßbar. Was soll man ihm gewähren? Und dann: Wie? Das Unberechenbare hat in dieser Stadt keinen Platz. Es hat das Berechenbare schon nicht genug davon. Was nicht eingrenzbar ist, kann daher, darf daher nicht sein. Was sich erst sein Gesetz schaffen muß, erst möglich werden wird, verbraucht zu viel Raum. Das brodelt, schäumt womöglich über. Gärungsspozesse sprengen leicht den zugewiesenen Rahmen. Daher wird hier nichts ausgegoren. Hier wird mit Mühe die alte Fassung bewahrt. Das ist alles, mein Lieber. Denken Sie sich daher besser nichts Neues aus. Es stünde unter Garantie im nächsten Monat auf der erweiterten Ausgabe der Verbotsliste, deren Kenntnis allen Bürgern Pflicht ist.

Die Wärme taut meine Glaskugel auf, und das wirkt sich unangenehm aus. Sie dellt sich wieder unter den Schallwellen ein. Ich sehe es schon auf mich zukommen: In wenigen Minuten wird die Bücherwand auf meinem Brustkasten hocken, und der alte Alptraum beginnt von vorne. Die Stereoanlage überprüfen. Die Schaltuhr nachsehen. Eine Geräuschplatte auflegen, den Zeitschalter stellen. Versuche, alles noch etwas aufzuschieben. Ich will nicht, kaum erwacht, schon wieder in irgendeinem vorgetäuschten Nichts untertauchen. Umhergehen und die Möbel an den alten Platz rücken. Alle unsinnigen Versuche der Ordnung noch einmal auf sich nehmen. Die Verbindlichkeit der Zeit, die Begrenztheit des vorgegebenen Raumes...

Was ist denn das? Sehen Sie das Ding neben dem Eingang? Ich hätte es in zehn Jahren nicht gefunden, dort lege ich normalerweise nichts hin, aber ich hatte mir vorgenommen, wie ein Irrer durch die Glaskugel zu rennen. Sie wissen nicht, was das ist? Sie brauchen auch keinen Wintermantel. Sie frieren nie. Sie wärmen sich an dem, woran ich an manchen Tagen verbrenne und an anderen verzweifle. Meine Hirnschale schützt Sie in jedem Fall wohltemperiert. Sie müssen nur mit Bildern hantieren, aber diese Bilder nie fühlen. Der, der friert, bin ich. Der, der hungert, bin ich. Und nun liegt dort plötzlich ein Wintermantel. Warm, etwas zu groß, wie mir scheint, weit und weich, aber keinesfalls weiß. Sagen Sie jetzt nicht: Wie schön. Sie wissen nicht, was das tatsächlich bedeutet. Sie sehen lediglich, daß ich nun für meine Ausgänge besser gerüstet sein werde als bisher. Das kommt ihren Wünschen entgegen. Sie wollen fort von hier. So rasch wie möglich, und das macht Sie blind gegen dieses und jenes, gegen alles, was dahintersteckt. Es steckt immer etwas dahinter, das müßten Sie wissen. Wenn Sie sich jemals ernsthaft in meinem Kopf umgesehen hätten, in den Versuchen zu beginnen und in den Wünschen aufzugeben und zu verlieren, wüßten Sie, daß immer noch etwas anderes dahintersteckt, als zugegeben wird. Sie schauen den Mantel an und sehen meinen geschützten Körper. Ich aber muß das bezahlen. Oder haben Sie erwartet, daß man Findelkindern Geschenke macht? So etwas gibt es bei uns nicht.

Sagen Sie nicht, ich möge mich beruhigen. Ich will nicht ruhig sein. Ich genieße diese Aufregung. Ich wußte nicht, daß ich zu solcher Maßlosigkeit noch fähig bin. Wahrscheinlich wird man mir für einige Tage die Essensration kürzen oder sogar streichen. Und das versöhnt mich etwas mit Ihnen. Sie werden diesmal mithungern. Unseren Plan dürfen Sie allerdings vergessen. Oder halten Sie für möglich, daß wir beide die Straße schaffen, unterernährt und halb verhungert, mit einem leeren Bauch, der sich aufbläht und auf den die Lärmkaskaden wie Trommelschläge niederregnen? Unseren Plan vergessen Sie besser.

Das ist schlimm, denn Amir wartet, und wir vergeuden Zeit. Werfen Sie mir nun nicht schon wieder vor, ich widerspräche mir, weil ich nun auf Beeilung dränge und früher jede Eile von mir gewiesen habe. So lebe ich nun einmal. Solange ich widerspreche, lebe ich; um irgendwas zu tun; um die Nutzlosigkeit der Uhren und die gewalttätige Abgeschlossenheit der Zeit kennenzulernen. Oder Worte wiederzukäuen, die mir gerade jetzt einfallen; Güte, Nachsicht, Geduld, Zärtlichkeit, Mitgefühl, was weiß ich, was noch alles, was noch. Worte jedenfalls, die nie geschehen. Ich kenne ein Dutzend Gründe, in der Glaskugel zu bleiben. Aber nicht so. Nicht so erzwungen. Ich will da hinaus. Ich habe ein Recht darauf, ein verbrieftes Recht. Amir wartet und ist uralt, und Sie sagen, ich soll Ruhe bewahren. ›Zu spät‹ sind Worte, denen sich ein Mensch lebenderweise nicht stellen kann. Wir werden vier, fünf Tage, wahrscheinlich aber länger als eine Woche hier herinnen bleiben müssen und auch dann nicht wissen, ob wir schaffen, was wir wollten, ob wir wollen, was wir schaffen und überhaupt...

Undankbarkeit ist das falsche Stichwort, obwohl ich weiß, daß kein Mantel vorgesehen war. Es war überhaupt nichts mehr vorgesehen. Damit hatte ich mich sogar abgefunden. Sie wissen es. Die Wärme ist schuld daran, daß ich so spreche. Sie taut meinen

Kopf auf. Ein kühler Kopf ist härter, verliert nicht so leicht die Fassung. Aber mein Kopf ist warm, und ich spüre, wie das Blut drinnen pocht. Ich lebe, lebe, lebe, was für eine Absurdität. Ich lebe, und das heißt: Vorsicht walten lassen und mißtrauisch sein müssen, alle Hoffnungen aufgeben, damit man nicht alle Hoffnungen aufgeben muß. Zuerst der Brief und nun Ihr Gerede. Weit haben Sie es gebracht. Ich gratuliere Ihnen. Meine Gleichgültigkeit hat Ihnen nicht gepaßt. Jetzt sehen Sie zu, wie ich – ungeübt in allem – in alles stürzen werde, blind und gesichtslos, in alle Fallen, Brunnen und Felsabstürze.

Ich habe Angst. Es ist die Angst des Lebenden vor dem Tod, des Sterbenden vor dem Ende, des Fallenden vor dem Aufprall. Ich wollte, ich könnte mich noch einmal dazu überwinden, an eine stumme Landschaft zu denken, ohne Abschied zu nehmen, an einen Morgen, ohne sofort einen Beginn im Auge zu haben. Ich habe Angst vor dem Hunger und der Starre des Bleibens. Angst vor meinen Wünschen und davor, plötzlich eine Hand auf meiner Schulter zu fühlen. Ich habe Angst vor den Augen, die sehen und sehen, und vor denen, hinter denen das Feuer erlischt. Der Tag. Die Nacht. Und nichts brennt mehr.

Ich möchte widerrufen, was war, und bereuen, was nie geschehen ist. Unentdeckt bleiben. Entweder abwesend oder verborgen. Nur die Eile der anderen, das Vorbeigehen, in Gedanken versunken, oder schon mit dem nächsten Ziel beschäftigt, hat mich bisher gerettet. Aber ich mißtraue meinem Glück.

Die Männer, die mich nach Hause brachten, müssen in Eile gewesen sein. Sie haben keine Nachricht hinterlassen, wie das manchmal geschieht, vor allem dann, wenn eine unvorhergesehene Zuteilung von Gütern erfolgt. Schließlich muß man bezahlen und sollte wissen wie und womit. Ich kann das nur vermuten. Vielleicht erfolgt eine verspätete Mitteilung, und dann muß ich erst recht gerüstet sein. Ich meine, es könnte einem dieser Männer, nachdem sie mich wieder einmal auf der Straße aufgelesen haben, einfallen, sich in meiner Wohnkugel umzusehen. Nicht aus Bosheit. Nur so zum Spaß. Es gibt keine Verordnung, die ununterbrochene Ernsthaftigkeit von den Angestellten der Stadt verlangt. Oder es geschähe aus Neugier und um die Langeweile monotoner Tätigkeiten zu durchbrechen. Und diese Menschen finden dann mein Tonbandgerät oder, noch schlimmer: meine Aufzeichnungen.

Das Tonbandgerät könnte ich meinem Vorgänger zuschreiben, von dem stammt es tatsächlich, und das Alter sieht man ihm an. Aber meine Aufzeichnungen würden mich den Behörden ausliefern. Es ist noch immer strengstens verboten, nach der Stunde Null zu fragen.

Natürlich würde ich abstreiten, jemals eine solche Frage ernst gemeint zu haben. Ich würde auf die Worte verweisen, die ich gewohnterweise verwende: vielleicht, nichts ist sicher, möglicherweise. Aber das brächte mich nicht in Sicherheit. Ich würde wahrscheinlich mit gesenkten Augen und flatternden Händen sprechen. Und was dann?

Möglicherweise verlangt der Versuch, vernünftig zu leben, spurenlos zu leben. Als befände man sich ständig in Schwebe. Selbst Staub oder Atmung, die in ihrer Schwäche nichts bewegt. Aber da ist noch die Schwere des Körpers und der Abdruck meiner Fingerkuppen auf dem Papier, den ich hinterlasse, wenn ich die Blätter übereinanderlege. Das Vernünftigste wäre, alles wegzuwerfen, das geht jedoch nicht. Es ist uns nicht nur verboten, irgend etwas zu vernichten, es ist uns auch unmöglich gemacht. Ich hielt das bisher für eine vernünftige Lösung. Wir leiden Mangel. Wozu also Müllschlucker und Öfen. Abfall existiert nicht. Alles ist irgendwie verwertbar. Aus Stoff entsteht Papier, aus Glas wieder Glas, es gibt kein Geheimnis der Papierkörbe und der Abfalltonnen. In diesem System findet sich nicht eine Lücke, etwas verschwinden zu lassen oder verbrennen zu können, es sei denn, Sie meinen mein Gedächtnis. Es gibt keine Möglichkeit zu widerrufen.

Es gibt nur die Möglichkeit, zu vergessen, vielleicht nicht einmal die.

Wie auch immer, irgendwie muß ich mich von meinen Aufzeichnungen trennen. Ich will mich nicht zu ihnen bekennen müssen. Sie sind nicht ich. Niemand darf ausgerechnet von mir Bekenntnisse verlangen. Ich bin hier, um zu leugnen. Alles zu leugnen: das Beben und den Aufgang der Gestirne, das Pochen in mir und die Unruhe der Gedanken, das Brennen und Erlöschen des Feuers, die Grenze und die Grenzenlosigkeit des Landes, in dem niemals...

Lassen Sie mich. Wir wollen lieber darüber nachdenken, wohin ich die beschriebenen Seiten legen könnte, deren Inhalt ich vergessen möchte. Ich könnte sie zwischen leeres Papier schieben. Bei der nötigen Sorgfalt sieht so ein Stoß völlig unberührt aus. Im Falle einer regulären Hausdurchsuchung wäre das zwar kein Schutz, aber warum sollte man meine Glaskugel durchsuchen wollen – weil ich einmal, und das ist lange her, nach der Stunde Null gefragt habe?

Wenn Sie wollen, können wir uns später darüber unterhalten. Ich beginne, müde zu werden. Vielleicht ist die Müdigkeit nur ein Trick von mir. Jedenfalls erlaubt er mir, ›später‹ zu sagen, und: Wir haben viel Zeit. Wir werden lange Tage miteinander allein verbringen und warten. Vielleicht können Sie mir während dieser Stunden erklären, woher das Feuer kommt, das mich vernichtet und gleichzeitig bedeutet, daß ich noch immer lebe. Lachen Sie nicht, Lachen ist wie Trauern. Ich möchte nicht trauern. Eine solche Verschwendung scheint mir noch immer unangebracht. Dazu reicht mein Zorn nicht. Wir wollen ruhig überlegen. Schließlich hat man mir das immer angeraten. Warum soll es also nicht auch für Sie von Vorteil sein? Lachen Sie nicht, sonst müßte ich Sie irgendwann nach dem Sinn des Lachens fragen oder nach dem Sinn des Trauerns, was das gleiche bedeutet. Nicht jetzt. Ich will mir den Kopf nicht über Glück oder Unglück zerbrechen. Warum das eine und warum das andere. Das führt zu nichts. Antworten hieße, Licht ins Dunkel zu bringen, und das übersteigt mein Vermögen. Ich weiß nichts, ich weiß auch nichts vom Licht. Mich interessiert nun nichts mehr, was einmal war. Nicht nur, weil mich die lange Stille stumm gemacht hat und alles still geschieht, schweigend, so daß sich nicht mehr sagen läßt, auch nicht, was einmal war. Ich bin es müde, den Falken auf der Spur zu bleiben, die vom Himmel herabstoßen, und das sind sie – unsere Wahrheiten. Denn der Sturz meint die Beute. Ihr bringen sie den Tod. Ich bin zu müde für diesen Flug. Dort oben, im freien Raum sind die Falken schön, im Schweben. Aber der Preis für diese Schönheit ist Grausamkeit. ›Ein stilles, spurenloses Atmen ...‹ – ich weiß nicht, warum ich das gerade jetzt denke. Styx' Verse vermutlich, ich weiß es nicht.

Erinnern Sie mich nicht an meine Suche nach Perfektion. Ich kann nicht. Ein Haus einreißen, und da ist dann Ihre Wahrheit. Und während der andere unter den stürzenden Mauern begraben wird, sind Sie fort, weit fort, wo auch immer, gleichgültig wo, jedenfalls abseits, mit anderem beschäftigt und fern. *Die* Wahrheit ist der Glaube an die Frage, die nie zu Ende geht. Die alles erlaubt. Eine vollkommene Entgrenzung. Die ganze Überheblichkeit menschlichen Denkens. Wir müssen, wir können, wir dürfen alles erfahren, wissen, erfragen. Den Grund der Existenz und die Begründung des Daseins. Nicht um zu begreifen, sondern um daran zu verzweifeln, womit und in welcher Weise diese Existenz, die die meine ist, jemals rechtzufertigen sein wird. Wie begründen. Jetzt oder später.

Hören wir auf. Um sich der Zukunft anzuvertrauen, wann immer man es wagt, benötigt man keine entschlüsselte Vergangenheit, sondern lediglich Ruhe und Glück. Das Glück des Blinden, den die Undurchdringlichkeit der Welt erfahren läßt, daß sie ist, eben weil er sich an ihr wund schlägt. Das Glück des Blinden, der verwundet seine Wunden überlebt, eben weil er sie nicht sieht im Chaos der ununterbrochen gegenwärtigen Gegenwart. Ich widerrufe daher meine Niederschrift und unterstreiche lediglich die Zweifel. Ich hatte Sie gefragt, ob möglich ist, was ich annahm. Ob ein Mensch, in dieser Gegenwart gefangen, jemals Vollkommenheit schaffen kann. Nun frage ich nicht mehr. Pläne sind Illusion, Perfektion ist das Instrument unserer gegenseitigen Tötungsversuche. Vielleicht wäre ich gerne tot, aber noch lebe ich, und dieses Leben gehört nun einmal dem Chaos.

Genug. Ich werde keine Ihrer Fragen beantworten, schon gar nicht die nach der Stunde Null und ihren Konsequenzen. Meine Verteidigung ist Verweigerung. Ich leugne. Ich leugne alles. Ich kann nichts für die Stunde Null, also vermag ich sie auch nicht aufzuheben.

Lassen Sie mich. Schauen Sie sich lieber mein Geburtsdatum an. *Die* paar Tage, die es mit einer an Sicherheit grenzenden Wahrscheinlichkeit falsch ist, zählen nicht. Nehmen Sie meinen Paß zur Hand, dann werden Sie sehen, daß ich nichts getan habe, nichts tun konnte. Ich bin der Stunde Null nachgeboren. Ich kann für überhaupt nichts. Ich bin selbst ein Opfer der Barriere. Ich habe mich in die Glaskugel zurückgezogen, um nicht ununterbrochen an das Land denken zu müssen, das wir, davon bin ich überzeugt, nie betreten werden, auch wenn Amir schreibt, daß wir nicht aufgeben dürfen, weil wir Zeugen der Zeit seien. Das gilt vielleicht für ihn, ich weiß es nicht. Mag sein, daß das für ihn gilt. *Ich* bin kein Zeuge der Zeit. Ich weiß nicht, warum geschehen ist, was geschehen ist, und kann das Was überhaupt nur vermuten. Was soll's also? Selbst wenn ich irgendeine Verantwortung übernehmen wollte – wie sollte ich sie tragen? Stöbern Sie lieber meinen Vater auf. Finden Sie meine Mutter. Und fragen Sie die beiden nach der Stunde Null. Und bei der Gelgenheit fragen Sie auch, wie es dazu kam, daß sie mich dieser Welt auslieferten, ohne Vorsorge getroffen zu haben; daß sie mich im Stich gelassen haben.

Glauben Sie denn im Ernst, daß es Spaß macht, ein Findelkind zu sein? Weder Vater noch Mutter, weder Familie noch Zukunft, das heißt das – oder? Findelkinder müssen doppelt vorsichtig sein und immer zweimal begründen. Uns gehört jeder Fehler ganz allein. Für uns ist niemand Zeuge. In Gerüchten und Vermutungen beantworten wir die Frage nach uns selbst, in Ungewißheiten...

So gesehen ist es kaum begreifbar, daß Amir gerade nach mir verlangt, das meinen Sie doch, oder? Hören Sie auf zu lachen. An dem, was ich sage, ist nichts lächerlich. Wenn Sie nicht sofort zu lachen aufhören, werde ich Sie übertönen. Sie wissen, daß ich das kann. Das habe ich gelernt: den Lärm zu erzeugen, der alles überdeckt. Dieses Erbe beherrsche ich. Ich werde die Geräuschplatte so lange auflegen, bis Sie stumm sind. Was glauben Sie, was Sie sich mir gegenüber herausnehmen dürfen? Sie sind mein Geschöpf. Ich könnte Sie jederzeit abschaffen. Ich könnte jederzeit so tun, als hätte ich Sie nie ausgedacht. Ich wollte Ihnen die Freiheit zugestehen, mit meinen Erinnerungen, die ich – und nicht Sie! – durchgemacht habe, Gestalt und Person zu werden. Nicht *die* Gestalt. Nicht *die* Person. Nicht mit diesem Gelächter. Vergessen Sie nicht, ich kann jederzeit zurückschlagen. Ich warne Sie. Was sind Sie ohne mich? Ich warne Sie allen Ernstes. Wenn es mir nicht mehr der Mühe wert erschiene – alles – nicht mehr wert, nicht einmal mehr das bißchen Spiel, das ich vollkommen zu Unrecht verachtet habe... Sie wissen nichts von Verzweiflung. Sie kennen ein paar Begriffe nur als Vokabel. Hören Sie auf zu lachen. Schweigen Sie. Ich habe alle Begriffe, die ich kenne, erleben müssen, ehe sie zu den Worten wurden, die man leicht vor sich hinsagt. Ich werde mich weigern, sie hinzuschreiben. Ich erzähle Ihnen überhaupt nichts mehr. ›Qual‹ besteht aus vier Buchstaben, ›Aufgeben‹ aus acht. Mehr ist nicht dahinter. Das ist Buchstabe für Buchstabe alles.

Ich friere, und die Erschöpfung saugt mir das Gehirn aus dem Kopf. Ausgeleert, wie umgestülpt, versuche ich mich meines Gesichtes zu entsinnen, so wie es noch vor kurzem ausgesehen hat. Ich bin farblos geworden, und die Linie zwischen Nasenflügel und Mundwinkel zeichnet sich ab, als wäre sie mit einem Messer nachgezogen worden.

Man hat mir als Entgelt für den Wintermantel die Lebensmittelration für sechs Tage gestrichen, und so, wie es aussieht, will man mich auf einmal bezahlen lassen. Drei Tage habe ich bereits hinter mich gebracht. Die anderen drei werde ich im Bett verbringen. Sechs Tage muß ein Mensch ohne Nahrung durchhalten können, vor allem, wenn er sich wenig bewegt. Schlafen. Im Schlaf überwindet man Zeit leichter. Zwischendurch den Zustand der Glaskugel überprüfen. Niemand soll mir nachsagen können, ich hätte nicht genug acht gehabt.

Die Kältewelle beherrscht ungebrochen die Stadt. Die Beheizung meiner Wohnkugel ist wieder eingestellt worden. Nun ist sie festgefroren. Man wollte mich tatsächlich nur auftauen, und anstatt mich über den verdammten Mantel zu freuen... Ich habe nach dem Aufwachen gelesen, was ich vor zwei Tagen notierte. Die Entdeckung, daß ich plötzlich Schulden hatte, muß mich ziemlich irritiert haben. Ich hatte noch nie Schulden, zumindest keine, von denen ich weiß. Kein Essen, keine Wärme, nichts als Frost und klirrende Kälte, und Amir wartet. Eine schöne Bescherung. Sechs Tage fasten sind kein Preis für einen Mantel, sollte man meinen. Aber sechs Tage, während denen einem das Hirn aus dem Kopf gesaugt wird, sind am Ende vielleicht sogar ein zu hoher Preis. – Mit Findelkindern darf man so umgehen. Findelkinder haben keine Möglichkeit zu protestieren.

Sie haben einen neuen Mantel bekommen? Wie schön für Sie, würde man mir sagen, beschwerte ich mich. Ich kann dieses Monstrum nicht einmal zurückgeben. Zugeteilt ist zugeteilt. Nun sitze ich mit meiner Neuerwerbung um die Schultern im

Bett, die Beine bis zu den Hüften in Decken gewickelt, an Stelle eines Schreibpultes ein Bücherbrett über den Schoß gelegt, und lese Amirs Brief zum ich weiß nicht wievielten Mal.

Eine seltsame Sache, das mit Amirs Brief. Ich dachte, ich hätte ihn nach Erhalt gründlich gelesen, aber nun entdecke ich immer wieder Zeilen und Redewendungen, die mir fremd erscheinen. Auch scheint er mir jedesmal, wenn ich ihn zur Hand nehme, länger. Selbst jetzt bin ich nicht sicher, ihn vollständig zu kennen. Gut, ich muß immer wieder zurücklesen, sonst verliere ich den Zusammenhang. Einzelne, losgelöste Sätze drängen sich vor, versperren den Weg zu den anderen Sätzen, und ich, der ich müde bin, greife gierig nach dem, was ich schon kenne. Das kostet weniger Mühe. Andererseits verändern sich die Sätze wohl auch tatsächlich in dem Maß, in dem ich mich an Amir erinnere. –

Meine Finger sind steif von der Kälte. Ich behauche sie von Zeit zu Zeit. Dabei sehe ich meinen Atem. Er strömt aus mir und bildet Wölkchen vor dem Mund, die das Briefpapier in meinen Händen befeuchten. Der Kopf schmerzt und fühlt sich wie eine Qualle an. Irgend etwas muß mich in den vergangenen zwei Tagen veranlaßt haben, ohne Grund und Überlegung die Geräuschplatte mehrmals hintereinander abzuspielen. Ich habe viel Kraft vergeudet und sonst nichts erreicht.

Ursprünglich wollte ich heute keine Notizen mehr machen, nur lesen und nachdenken, aber die Stille und das Warten, das Warten und die Stille erdrücken mich, wie es sonst nur der Lärm tut. Ich habe mir heute schon laut vorgelesen, bis ich meine Stimme nicht mehr hören wollte. Danach habe ich heftig ein- und ausgeatmet. Davon wurde mir schwindlig. Dann habe ich sogar für einen Augenblick einen Dauerlauf durch die Wohnung erwogen. Das Tappen der Schritte ist immerhin besser als kein Geräusch, besser, als nichts zu hören. Außerdem hätte mich die Bewegung erwärmt, aber ich darf sie mir nicht leisten. Ich muß meine Kräfte einteilen, mich schonen. Nun ist es das Rascheln des Papiers, das mir Erleichterung verschaffen soll, auch wenn ich nicht weiß, was schreiben. Der Mantel ist kein Thema mehr. Ich habe mich entschlossen, so zu tun, als besäße ich ihn schon ewig. Amirs Brief werde ich erst später wieder in die Hand nehmen. – Was also. Irgendwas anderes schreiben oder beschreiben oder umschreiben. Damit der Tag nicht so ruhig und leer vorüberläuft. Schlafen. Aber auch das geht nicht die ganze Zeit. Die Stille weckt mich. Vielleicht liegt es daran, daß ich vollkommene Geräuschlosigkeit noch nie in Verbindung mit Wartenmüssen wahrgenommen habe. Es findet sich sonst immer eine Bewegung, die einen von der totalen Beobachtung der Stille ablenkt oder mit leisen, unmerklichen, aber doch stattfindenden Geräuschen verbunden ist.

Was schreiben, damit die Feder nicht stillsteht. – Schone deine Kräfte. Ruhe bewahren. Irgend etwas finden. – Schreib auch das auf. Schreib es auf, was immer es ist. Niederschriften sind immerhin ein Versuch, nicht vergessen zu lassen. Denk nach, und während du nachdenkst, schreib auch das auf. *Denken*. Wie war das mit dem Perfektum? – Nicht schon wieder, denke ich, das ist nichts für mich. Nicht heute. Nicht jetzt. Aber mir fällt nichts anderes ein. Wie ist das mit dem Perfektum? Macht die Perfektion einer Bewegung die Bewegung aus? – Ich winkle den rechten Arm ab, halte die Feder zwischen Zeigefinger und Daumen, wobei der Mittelfinger eine Stützfunktion erfüllt, führe die Hand in dieser Stellung über das Papier, stütze den Handballen zwischendurch auf, was mir erlaubt, die Hand auszuruhen, und vielleicht ginge das alles geschickter – macht die Perfektion dieser Bewegung, wenn sie perfekt ist, die Bewegung aus, oder bedeutet Perfektion das Gesetz, das die Bewegung einengt und ihr die Freiheit nimmt?

Ich erinnere mich, daß meine Schulkollegen und ich auch über Freiheit diskutierten. Wir diskutierten damals ununterbrochen. Es war eine Zeit, in der wir nichts anderes im Kopf hatten, weil wir, fürchte ich, dachten, daß sich im Kopf alles lösen läßt. Auch über Perfektion gab es lange Diskurse, die mich besonders anregten. Perfekt zu sein bedeutete vielleicht, unter gewissen Umständen Zusatzpunkte zu ergattern. Und wenn es ein Findelkind zu etwas bringen wollte, mußte es Zusatzpunkte vorweisen können. Wie ich Ihnen schon erzählt habe, stand noch nicht fest, ob ich nicht doch ein Adoptivkind der Stadt werden konnte oder wollte.

Wenn ich mich recht erinnere, führten unsere Gespräche schon damals zu nichts. Nicht nur, weil wir junge Menschen waren, die über nichts vernünftig sprechen konnten. Was mich betrifft, so hat sich das bis heute nicht geändert.

Ich glaube, daß die Fruchtlosigkeit unserer Gespräche darin begründet lag, daß Freiheit nur dort auftritt, wo noch kein Gesetz herrscht, und wir waren von Gesetzen umgeben, man könnte sagen eingeschlossen, was, wie mir nun scheint, eben auch das Sprechen über Freiheit unmöglich macht. Immerhin bedient man sich auch im Sprechen gewisser Gesetze. Ich komme nicht darum herum, einmal getroffene – aber ganz gewiß nicht von mir getroffene – gewisse Übereinkünfte einzuhalten, sie ständig zu beobachten... Die Übereinkunft der Begriffe, die Gesetze der Grammatik, das alles hatte unaufhebbare Gültigkeit für uns. Freiheit gehörte nicht zu den offiziell definierten Begriffen. Wie hätten wir also einerseits darüber reden können, wie man über Bekanntes spricht, andererseits eine eigene Beziehung entwikkeln können, da man uns keinerlei Übung außerhalb der Gesetze erlaubte.

Meine Kollegen drückten sich meist viel präziser aus als ich, nicht so provisorisch. Sie hatten eine Menge von ihren Vätern gelernt, das sie halb spöttelnd, halb lächelnd an mich weitergaben, aber auch die Väter hatten ihnen keinerlei Übungen weitergegeben, wie man zu eigenen Ergebnissen kommen konnte. Ein paar Begriffe hatten wir aus dem Lexikon, ein paar von Amir, andere erinnerten wir in einer Weise, als hätten wir schon einmal gelebt, in grauer Vorzeit, aber nichts gehört uns. Ich meine, wir hatten nichts geschaffen. Wir verfügten daher auch nicht über das, was in unseren Köpfen vorging. Alles Nachahmung. Wir waren eine sehr ernste Gruppe, ganz ohne Spiel, und der, der am wenigsten zu spielen vermochte, war ich...

Was wollte ich bloß sagen? So zerrinnt das Denken, und der Tag zerrinnt mit, ohne zu vergehen, und ich warte, warte, warte weiter...

Disziplin. Drei Tage noch, das wird mich doch nicht aus der Fassung bringen können, zumal ich gar keine Fassung habe – oder?

Wie leer alles ist. Die perfekte Leere, wie mir nun scheint, die perfekte Stille. Ein Folterinstrument. Ich pfeife auf Perfektion. Auch Hinrichtungsstätten können vollkommen sein. Ich erinnere mich, daß ich Bilder davon sah. Die Bilder peinigender, gnadenloser Hinrichtungen. Exakte Fließbandtötungen. Ohne Atempause, die entsteht, weil ein Gnadengesuch eingereicht wird, weil Gnade noch ein bekanntes Wort ist. Schlachthöfe, in denen Tausende rasch und ohne Ausweg erfaßt wurden.

Ich erinnere mich, daß mich zuerst die Menge entsetzte. Später, viel später begriff ich, daß das Entsetzen falsch war. Das Pendel in uns schlägt anders aus. Ein einziger Sturz, ein einziger, und die ganze Welt stürzt mit ihm. Die Bilder hatte ich im Keller gefunden. Ihn aufzusuchen war in der Schule zwar zu allen Zeiten verboten, aber einmal stöberte ich doch dort herum. Dabei fand ich alle möglichen Abbildungen. Ich durfte nie darüber sprechen. Ja, wenn ich einen Vater gehabt oder irgendeinen anderen Menschen, der zu mir gehalten hätte, weil mich preiszugeben auch ihn denunziert hätte; ein Mensch, der auf Gedeih und Verderb durch eine Besonderheit mit mir verbunden gewesen wäre, wie ich das von einem Vater erwarte, oder durch eine Notgemeinschaft, wenn schon nicht durch Freundschaft. Was meinen Sie?

Ich weiß, ich wollte Sie übertönen. Ich habe diesen unfaßbaren Unsinn mit der Lärmplatte nur angestellt, um Ihren Vorwürfen und vor allem Ihrem Gelächter zu entgehen. Aber in diesen Augenblicken der Stille brauche ich Sie. Es fällt mir schwer, das zuzugeben. Ich wäre lieber allein stark, mein unüberwindliches Bollwerk wäre ich mir lieber selber, keine Frage. Ich hätte gerne wenigstens die Stärke aufgebracht, wenn schon elend, so allein elend zu sein. Aber nun, weder zuversichtlich noch verzweifelt genug, mit jedem Bein woanders, nur nicht bei mir, bedarf ich Ihrer.

Sprechen Sie bitte zu mir. Sprechen Sie mich bitte an, wie es Amir einmal getan hat und auch Cinderella. Sprechen Sie an ihrer Stelle zu mir. Lassen Sie mich bitte wissen, daß es in meinem Leben, in meinen Erinnerungen, in allem, was ich bin, doch noch einen Grund gibt, daß sich etwas findet, das Anlaß ist, mit mir zu sprechen und mich nicht einfach totzuschweigen. Ich war so lange schon tot und konnte nicht sterben. Überall bin ich von mir abgefallen und habe trotzdem nicht aufgehört zu existieren. Ich durfte über die Bilder im Keller nie reden, geschweige denn Fragen stellen. Trotzdem glaube ich, daß sie wahr waren. Nichts, das ein Fotograf als Kulisse aufbaut, als Hintergrund für eine andere Botschaft, sondern eine schlichte, furchtbare Abbildung.

Sprechen Sie bitte zu mir. Ich muß das Warten irgendwie hinter mich bringen. Es geht nun nicht mehr darum, Ordnung zu schaffen, Pläne zu schmieden, Bilder zu sortieren oder wiederzuerkennen, denn es ist alles voller Bilder in meinem Kopf. Jetzt geht es einzig darum zu überleben. Jetzt geht es darum, daß sich etwas bewegt. Irgend etwas. Irgendwo. Durch irgendwen. Was verlangen Sie als Preis dafür, Ihr Schweigen zu brechen? Ich nehme zuversichtlich an, daß es einen Preis gibt. Schließlich sind Sie mein Geschöpf. Das bedeutet, daß Sie bestechlich sein müssen.

Womit lassen Sie sich bezahlen. Ich besitze nichts außer meinen Geständnissen. – Gut. Ich habe mir alle meine Spiele schon vor Jahren abkaufen lassen, als ich begann, meine Fragen zu veräußern. Mehr als dieses lächerliche So-als-ob-Tun wird nie mehr möglich sein. Wenn Sie darauf bestehen, gebe ich auch noch da zu: Ich bin kein lauterer Mensch. Ich bin nur deshalb ohne Dünkel, weil ich sie mir nicht leisten kann, zumindest denke ich das. Ich bin geduldig, weil Ungeduld Erwartungen voraussetzt und Kampfbereitschaft. Ich bin kein Kämpfer... War es das, was Sie hören wollten? Ich weiß nicht einmal, ob stimmt, was ich sage, oder ob es einer der vielen Irrtümer ist, denen ich immer wieder aufsitze. In Wahrheit habe ich keine Ahnung von mir. Müßte ich nicht jeden Tag aufs neue mit mir leben, ich hätte mich schon längst aus den Augen verloren, vergessen.

In Ordnung. Lachen Sie meinetwegen wieder. Vielleicht gewöhne ich mich, obwohl... Flüstern Sie meinetwegen. Ich werde Sie nicht ermahnen, falls Sie es an Deutlichkeit fehlen lassen sollten. Mein Wintermantel, Sie müssen wissen, daß der Wintermantel, den ich jetzt besitze, eine entfernte Ähnlichkeit mit einem anderen Wintermantel hat, den ich früher einmal besaß oder sah, er war kleiner, das heißt, er paßte genauer, und auch die Farbe war nicht die gleiche, nicht einmal ähnlich, wenn ich ehrlich bin, die Ähnlichkeit kommt daher, kommt von, kommt wahrscheinlich von, rührt von einer Übereinstimmung her, die...

Warum schweigen Sie immer noch? Reicht mein Angebot nicht aus? Wollen Sie auch noch hören, muß ich das sagen, daß mir nichts mehr einfällt? Oder denken Sie, daß ich in keinem Fall den nötigen Zorn aufbringen werde, Sie zu beschimpfen, also neuerlich zu riskieren, daß ich es mir mit Ihnen verscherze? – Sie sind nichts als ein arroganter Kerl und, noch schlimmer: auch dumm. Sie haben mich in dem gleichen Maß nötig wie ich Sie. Von der Welt draußen bleibt Ihnen nur, was ich mitteile. Mehr als die Gegenwelt meines Kopfes werden Sie von der Welt nie erfahren. Sagen Sie sich das vor. Sie schweigen wohl, weil ich ein Findelkind bin und weil man Sie hat wissen lassen, daß es keine Empfehlung darstellt, mit mir zusammen gesehen zu werden. Ja, halten Sie Abstand. Distanzieren Sie sich. Im gegebenen Augenblick wird Ihnen das sicher zustatten kommen. Verrecken Sie an Ihrem Schweigen.

Aber es ist nicht so, daß ich nirgends hingehöre. Was ich noch niemandem gesagt habe und was Sie daher nicht wissen können, ist dies: Ich besitze ein Bild meines Vaters.

Ich trage dieses Bild in einem Amulett um den Hals. Mit diesem Amulett wurde ich damals an der Grenze zwischen Stadt und Land gefunden. Ich könnte selbstverständlich vor einem Gericht nicht beschwören, daß die Abbildung meinen Vater zeigt. Aber ich frage Sie: Wen sonst? Die Fotografie zeigt ein Männergesicht mit schmalen Augen, die geradeaus blicken und die, wann immer ich sie hervorhole, mich ansehen. Ich erinnere mich einer Zeit, da ich dieses Bild täglich hervorholte, auf der Suche nach einem Menschen, der mir direkt ins Gesicht sah, der mich anblickte.

Ich habe dieses Bild aus verständlichen Gründen niemals hergezeigt. Ein Mensch hat zu bleiben, was er ist. Ein Findelkind ist und bleibt ein Findelkind. Da kann man nicht auf einmal mit einem Vater daherkommen. Das brächte alle Vorstellungen in Unordnung. Darüber hinaus bin ich sicher, daß man mir einzureden versucht hätte, dieser Mann sei weiß Gott wer, nur nicht mein Vater. Vielleicht hätte man mich sogar des Diebstahls bezichtigt, mir alles mögliche eingeredet, nur um nicht zur Kenntnis nehmen zu müssen, daß ich einmal ein Zuhause hatte, auch wenn das lange her ist und nur für kurze Zeit ein Zuhause gewesen sein kann. Ich habe all die Jahre geschwiegen und nicht einmal Cinderella etwas erzählt, mit der ich sonst allerlei besprochen habe, was sonst kein anderer zu hören bekam. Sie hatte selbst keinen Vater, und vielleicht hätte sie meine Entdeckung verletzt, vielleicht hätte sie aus dieser Verletzung heraus gelacht oder all die Argumente hervorgeholt, die ich von den anderen befürchtete, und ich hätte erklären müssen, verteidigen, beweisen. Ich hatte nicht vor, mir meinen Vater nehmen zu lassen, auch nicht, ihn mir fortreden zu lassen.

Dieses Bild auf meiner Brust zeigt mit Sicherheit ihn. Es ist mir so vertraut geworden, wie es das eines Fremden nie hätte werden können. Manchmal stehe ich auch heute noch vor dem Spiegel und vergleiche die Linienführung des Nasenrückens, den Schwung der Oberlippe, die Helligkeit der Augen zwischen Bild und Abbild, beobachte, wie im Laufe der Jahre die Ähnlichkeit mehr und mehr zugenommen hat. Begegneten wir einander auf der Straße, wir müßten einander sofort wiedererkennen. Kann sein, daß mein Vater eine solche Begegnung nicht wünschte oder sogar vermiede, aber das glaube ich nicht. Es gibt Ähnlichkeiten, die zwingen zueinander. Im Guten wie im Schlechten. Man kann ihnen nicht ausweichen. Man muß so lange hinsehen, bis man einander wiedererkennt, bis man sich wiedererkennt, und genauso, denke ich, würde es meinem Vater ergehen, träfe er auf mich. Er wüßte von einem Augenblick zum anderen: Dies ist mein Sohn. Und ich wüßte von einer Sekunde zur anderen: Mein Vater blickt mich an.

Eine solche Begegnung könnte selbstverständlich nicht wirklich stattfinden. Eines neues Spiel, das ich eben entdecke: Ich begegne meinem Vater. – Oder eine neue Illusion, die wie eine Seifenblase zerplatzen würde, käme man auf den Gedanken, die Vorstellung von einer solchen Begegnung mit der Wahrscheinlichkeit ihres Stattfindens zu konfrontieren. In dieser Stadt ist die Wahrscheinlichkeit gleich Null, durch Zufall auf den richtigen Menschen zu treffen. In dieser Stadt existiert nichts Wahrscheinliches außerhalb der garantierten Sicherheiten. Richtig. Das ist bodenlos langweilig. Nicht einmal auf den falschen Menschen zu treffen scheint möglich. Nichts, einfach nichts... ein Nichts...

Im übrigen macht es mir nichts mehr aus, wenn Sie schweigen. Ich habe mich an die Stille gewöhnt. Das ist letztlich nur eine Sache der Übung. Sie sind durchaus entbehrlich, was Sie hätten wissen müssen, aber wie mir scheint, ist Ihre Klarheit kaum größer als die meine, obwohl ich Sie in meinem Kopf hätschle und Sie sich um nichts kümmern müssen. Sie könnten mich schon längst überflügelt haben, hätten Sie sich nur ein wenig Mühe gegeben. Also schweigen Sie.

Die Stille ist schön. Sie erinnern mich an ein Foto aus dem Geographieunterricht. Irgendein Bergsee. Der Professor mußte sowohl ›See‹ als auch ›Berg‹ erklären, und ich stellte mich dumm. Sonst hätte ich zugeben müssen, daß ich das Bild schon gesehen hatte. Es war neben dem eines brennenden Scheiterhaufens gelegen. Ein merkwürdiger Kontrast. Auf diesem Bild schien alles zu schreien, nicht nur zu brennen. Das Brennen hätte mich nicht in dem Maße erschreckt wie die aufgerissenen Münder und Augen der Menschen, die auf dem Scheiterhaufen standen. Vor allem die Augen schrien. Und daneben das Foto vom Bergsee, es war das nächste Blatt in einem Stoß verschiedenster Abbildungen. Auf den Rückseiten befanden sich erklärende Texte. Bergsee im Ich-weiß-nicht-mehr-wo-Massiv. Eine unwahrscheinliche Ruhe ging von dem Bild aus, und ich weiß, daß ich mich für diese Empfindung schämte. Sie nahm dem Schreien auf dem anderen Blatt den Sinn. Scheiterhaufen, wie sie in nahezu allen Jahrhunderten vor der Stunde Null errichtet wurden, stand darunter.

Ich habe Amir damals gefragt, was ›Scheiterhaufen‹ genau bedeutet. Er hat mit einer Gegenfrage geantwortet: War der Keller nicht versperrt? Mit Gegenfragen zu antworten war eine beliebte Methode. Ich erinnere mich ständiger Gegenfragen. Auf: Was bedeutet die Stunde Null? bekamen wir zu hören: Warum wollen Sie das wissen? Auf die Frage, ob es möglich sei, Handschuhe zu bekommen, die Frage, ob man denn schon ein Antragsformular ausgefüllt habe und so weiter.

Cinderella hat nie Gegenfragen gestellt. Sie hat überhaupt keine Fragen gestellt und kaum jemals an unseren Diskussionen teilgenommen. Ich hatte ständig den Eindruck, daß wir sie mit unseren Disputen verletzten und – daß sie bereits alles wußte. Wir waren viel beisammen, obwohl wir wenig miteinander sprachen. Unsere Schule war als Internat für Jungen und Mädchen eingerichtet, ich glaube, das erzählte ich Ihnen bereits. Der riesige Gebäudekomplex – damals noch keine Kugel – beherbergte im Ostflügel die Zimmer der Mädchen, im Westflügel die Räume für die Burschen, dazwischen, im Mittelteil, lagen die Klassenzimmer und andere Unterrichtsräume. Im obersten Stockwerk verband ein langer Gang Ost- und Westteil des Internats. Es war uns nicht verboten, miteinander Kontakt aufzunehmen, ich meine, die Geschlechtertrennung entsprang keiner grundsätzlichen Auffassung von der Notwendigkeit, die Geschlechter zu trennen. Wir sind schließlich aufgeklärte Menschen, und wenn so viele beisammen sind, hat man auf die Mechanismen zu achten, die Ventilfunktion erfüllen. Nur ein Narr würde sie verbieten.

Das einzige, das mißliebig auffallen konnte, waren länger dauernde Kontakte mit ein und derselben Person. Freundschaften wurden nicht gerade verboten, aber man sah sie nicht gern. Alles, was mit Emotion zu tun hatte und nicht in irgendeiner bekannten Weise abreagierbar war, wurde mit Mißtrauen betrachtet. Man befürchtete, daß Gefühle die Stadt unregierbar machen und die Verwaltung unterhöhlen könnten.

Ursprünglich war das Internat nur Burschen zugänglich gewesen. Als dann auch Mädchen aufgenommen wurden, baute man den Osttrakt an, damals war offensichtlich noch genug Platz vorhanden gewesen, was mich glauben läßt, daß die Stunde Null noch nicht allzu lange her sein kann. Dreißig, vierzig Jahre etwa. Da ist wieder dieser seltsame Eindruck, den Cinderella bei mir ständig hervorrief und der sich manchmal auch in bezug auf mich einstellt: daß nicht viel fehlt, und ich wüßte alles, was zu wissen nötig ist. Ich müßte lediglich die Augen aufreißen.

Im Grunde gehe ich, so wie damals, noch immer mit heruntergeklappten Liddeckeln herum, und des öfteren denke ich: mit versperrten Augen. Der Ekel vor dem, was ich sehen könnte, der sich nicht sicher, aber immerhin doch einstellen könnte beim Anblick dessen, was es zu sehen gibt, scheint mir allerdings ein hinreichender Grund dafür, die Augen, wenn schon nicht zu schließen, so doch keineswegs zu öffnen. Schließlich hat auch Cinderella – oder sollte ich sagen: nicht einmal sie? –, schließlich hat auch Cinderella den Anblick dessen, was sie sah, nicht ertragen. Tatsächlich entgeht mir auch nicht alles. An manchen Tagen sind die Augenlider wie aus Glas. Dann nehme ich verschiedenes wahr, und das ist schlimm.

Ich glaube, ich habe mich damals, während meiner Schulzeit, oft geschämt. Die Scham trieb mir das Blut in die Wangen, und dann sagten meine Lehrer: Seht doch, wie gut dieser Bursche, dieses Findelkind, aussieht. Mein Aussehen war ihnen in Wahrheit gleichgültig, und sie hätten es nie besprochen, wenn sie meine Klassenkollegen nicht hätten darauf hinweisen wollen, wie vorzüglich die Stadtverwaltung alle Lebensbereiche im Griff hatte und sogar für Findelkinder nicht nur ausreichend, sondern ausgezeichnet sorgte.

Ich hätte damals lieber die Blässe des Zornes im Gesicht getragen. Aber zum Zorn hatte ich keinen Mut. Ich bringe ihn auch heute noch nicht auf und erst recht nicht die Kraft dazu. Selbstverständlich sähe ich mich lieber anders. Besser, was immer das bedeutet. Oder stärker. Vielleicht auch schlechter, wenn nur bedeutender, wenn nur nicht so austauschbar, so x-beliebig. Es war mir schon recht, daß ich ruhiger geworden war. Das brachte weniger Schwierigkeiten, aber wenn ich darauf gestoßen werde, mich anzusehen, wenn ich herausgefordert werde, so zu tun, als könnte ich frei entscheiden, dann sähe ich mich doch lieber bewegter.

Was die Bewegung betrifft, so ist mein Gerede darüber nicht besonders klug. Ich kann sie mir nicht leisten. Ich muß mit Bewegungen so sparsam sein wie sonst nur mit Lebensmitteln oder Papier oder Ausgehtagen, als ich noch Lust hatte auszugehen. Jedenfalls muß ich haushalten.

Die Kälte in meiner Glaskugel rauht die Wangen auf. Wie mit Zähnen nagt sie an der Oberfläche und saugt sich schließlich an den rauhen Stellen fest. Ich habe alle meine Kleidungsstücke übereinander angezogen, auch den Mantel, das sagte ich schon, diesen verdammten Mantel, wenn ich ihn am Leibe trage, muß ich ihn nicht ständig ansehen. Aus altem Papier habe ich Wülste geformt, mit denen ich die Nischen des Bettes gegen die Wand hin auspolstere. Papier hält warm. An den freien Kanten des Bettes, ich meine die, die ins Zimmer ragen und nicht von der Kugelwand berührt werden, habe ich mit Papierwülsten meinen Körper nachgeformt. Wenn jetzt ein Erdbeben losbräche, wenn mich jetzt Lavamassen verschütteten und luftdicht einschlossen und irgendwann, sagen wir in tausend Jahren, grübe mich einer wieder aus, könnten Wissenschaftler vielleicht glauben, eine neue Bestattungsform entdeckt zu haben, und daraus eine Kulturtheorie entwickeln. Diese Vorstellung amüsiert mich. Nichts mehr schreiben. Meine Finger sind ganz klamm. Wenn ich meine, daß ich mich erinnern sollte, werde ich diese Erinnerung auf dem Tonband festhalten. Ich habe noch im Einschlafen ein Gefühl von Spannung um den Mund.

Geradeheraus gesagt: Ich hatte nie erwartet, daß mich Hunger ernsthaft peinigen könnte. Ich bin tatsächlich enttäuscht von mir, und das, obwohl ich in bezug auf mich ohnedies kaum Erwartungen hege, die ich dann enttäuschen könnte. Nun ja, so ist das mit mir. Meine Vorstellungen scheinen in vielem fehlzugehen; in bezug auf mich, in bezug auf den Tod und das Sterben...

Es gab hin und wieder in meinem Leben Augenblicke, in denen ich nicht nur an den Tod, sondern auch an meinen Tod dachte. Früher war Selbstmord bei uns generell nicht verboten und unterlag keiner gesellschaftlichen Ächtung. In einem gewissen Alter übt dieses Thema eine gewaltige Anziehungskraft aus, und wir stürzten uns in der sechsten, siebenten Klasse darauf, wenn ich mich recht erinnere, sogar schon Ende der fünften. Es schien uns wohl eine Möglichkeit, Bedeutung zu erlangen. Wir wußten es noch nicht, aber wir ahnten, daß manchen Dingen und Menschen erst der Verlust das richtige Gewicht zuweist. In der fünften und sechsten wurden Freundschaften auch noch nicht so scheel angesehen. Es gab also da und dort engere Bindungen, länger dauernde Beziehungen. Da sorgte sich der eine oder andere noch um den Sitznachbarn, den Zimmerkameraden, um das blasse Mädchen in der dritten Reihe.

Das war auch die Zeit, zu der die Selbstmordepidemie vor allem unter den Studenten ihren Höhepunkt erreicht hatte. Das Gesetz trat ihr zuerst nicht entgegen, ganz im Gegenteil. Man erwartete von der Epidemie eine gewisse Entlastung der Stadt. Aber das war nicht der Grund, warum der Direktor einer befreundeten Schule plötzlich vor der Tatsache stand, daß aus einem verlängerten Wochenende so wenige Schüler der achten Klasse zurückgekehrt waren, daß er sie schließen mußte. Die Entlastung der Stadt spielte in unseren Diskussionen keine Rolle.

Am Anfang unserer Gespräche war immer so etwas wie Aufbruchstimmung zu bemerken gewesen. Wir wollten unablässig hinaus. Nicht unbedingt aus der Stadt, und wohin wir wollten, vermochten wir nicht zu sagen. Wir wollten, daß etwas geschah, passierte, sich bewegte, und zwar durch uns. Und die Gelegenheit dazu ließ sich nirgends finden, wenn wir die Verwüstung der Schule ausschlossen. So entwarfen wir Welten in unseren Köpfen, nahmen die Geschichte als Beispiel, soweit wir sie kannten, um sie wie in einem Prozeß vor Gericht neu aufzurollen. – Mit uns als Richter, Zeugen, Geschworene, mit uns als mögliche Verhinderer. Wir waren uns einig, daß, mit uns als Akteuren, alles anders geworden wäre. Aber manchmal dämmerte in diesen Spielen etwas auf, wir konnten es nie fassen, und hinterließ Verzweiflung, weil es Dämmerung blieb. Dann erst sprachen wir über Tod, Sterben und Selbstmord, denn wir hatten alle das Gefühl, daß ein ungeheures Unrecht an uns begangen wurde, aber nie den Eindruck, daß auch wir es vielleicht begingen. Und vielleicht glaubte der eine und andere, daß die Stadt das Unrecht begreifen würde, wenn er das Leben verließ.

Ich weiß, was Sie sagen wollen. Der Heldentod war nur ein vorgegebener. Im Grunde ging es uns ganz gut. Im Vergleich zu vielen anderen in der Stadt ging es uns tatsächlich nicht schlecht, Sie meinen sicher, zu gut. So ein verhätscheltes Dasein fördert Wehleidigkeiten, das sagte man uns später auch.

Die erwähnte Epidemie brachte nicht das erwartete Ergebnis. Zum ersten starben im Vergleich zur Übervölkerung in der Stadt nicht genug Menschen, zum zweiten starben gerade jene, in deren Ausbildung man Geld und eine Menge Rohstoffe investiert hatte, die, von deren geistiger Kapazität man einen Beitrag zur Entlastung der Stadt erwartete. Mit einem Wort, es starben die Falschen und es blieben die Falschen am Leben. Man befürchtete behördlicherseits eine zunehmende Primitivisierung des allgemeinen Niveaus. Viele, gerade die Gutausgebildeten, verloren sich an eine apathische Haltung, und das gefährdete die Versorgung der Bevölkerung. Die jungen Beamten gingen nicht zur Arbeit. Andere setzten sich absichtlich schädigenden Einflüssen aus. Plötzlich sah sich die Verwaltung vor das Problem gestellt, Platz für die Erweiterung der Krankenabteilungen schaffen zu müssen. Wir hatten aber keinen freien Raum zu neuer Nutzung zur Verfügung. Wir hatten überhaupt nichts mehr zur freien Verfügung. Plötzlich funktionierten die Straßenräumkommandos nicht mehr, und das ließ wiederum die falschen Leute sterben. Schließlich versuchte man es mit Listen.

Man schuf zwei Kategorien von Bürgern. Den einen gestattete man, daß sie sich ohne behördliche Genehmigung aus dem Leben entfernten, die anderen hatten vorher nachzufragen. Findelkinder ausgenommen, Findelkinder schienen in der neuen Verordnung nicht einmal namentlich auf.

Die Verordnung brachte nichts ein. Wie will man Tote belangen. Die Strafandrohung bei Zuwiderhandeln gegen den Antiselbstmordparagraphen legte die ganze Lächerlichkeit unseres Verordnungssystems bloß. Das einzige Resultat des neuen Gesetzes war das zunehmende Raffinement der Selbstmordtechniken. Vor allem legte man Augenmerk darauf, daß man vor dem abgeschlossenen Ableben nicht gefunden wurde. Dann, ganz plötzlich, ich habe den Beginn dieser Entwicklung verschlafen, begann man generell mit der gesellschaftlichen Ächtung des Suizides. Das Antiselbstmordgesetz wurde ersatzlos gestrichen, wohl aus der Einsicht heraus, daß manchmal nichts so anziehen ist wie Verbotenes. Seit damals ist Selbstmord kein Thema bei uns. Auch über Verzweiflung spricht man nicht. Alle Anstrengungen galten ab nun der Entwicklung eines optimistischen Lebensgefühles. In der besten aller übervölkerten Städte hat ein guter Bürger glücklich zu sein und fröhlich.

Ich war bei den früher erwähnten Diskussionen zumeist Außenseiter gewesen. Für mich als Findelkind bestand von vornherein keine andere Möglichkeit, Bedeutung zu erlangen, als durch außergewöhnliche Leistung. Interessant machen konnte ich mich nur mit einer guten Zensur, einem ordentlich ausgearbeiteten Referat. Das Sterben ernsthaft zu diskutieren, fand ich keinen Grund, nachdem für mich geklärt worden war, daß das Ende auf den Straßen nicht lange auf sich warten ließ, wenn man sich ungeschützt preisgab. Und auch das hatte mich in erster Linie aus technischem Interesse beschäftigt. Was, wenn eine Lärmschutzkappe einmal defekt war? Nun, dann hatte man Pech gehabt. Nicht so schlimm, da alles schnell ging.

Jedes andere Sterben stellte ich mir als einen Schwebezustand vor. Die Wirklichkeiten nehmen langsam ab, gerade so viel, wie dem Verlust des Wahrnehmen-Könnens entspricht. Eine fröhliche Vorstellung. Zu erfrieren oder zu verhungern erschien mir daher nie ein beachtenswertes Problem. Ich dachte nicht einmal daran, daß diese Möglichkeit überhaupt bestand. Wie auch. Wir leiden zwar Mangel, aber das, was man die Befriedigung der Grundbedürfnisse nennt, stand nie in Frage.

Übrigens, eine äußerst unklare Bezeichnung: Grundbedürfnisse. Ich weiß nicht, was genau ich mir darunter vorstellen soll. Nicht zu sehr hungern, nicht zu sehr frieren... Amir sagte einmal: ...bei allem ständigen Hunger letzten Endes nicht vergeblich hungern müssen, was ich nicht ganz begreife.

Ich hätte lieber gesagt: nicht sterben müssen, da es sich nicht so vollzieht, wie ich einmal gedacht habe. Ich meine, da es sich nicht in diesem Schwebezustand vollzieht, sondern als offensichtlich ganz und gar unkontinuierlicher Prozeß, nicht als Wenigerwerden bei abnehmendem, aber doch noch funktionierendem Bewußtsein. Man irrt sich da anscheinend leicht. Im Vorstellen vergißt man zumeist die Angst, oder man stellt sie sich anders vor. Angst scheint eigene Gesetze zu formen. Nehmen Sie als Beispiel das Bild meines Vaters. Ich bestehe darauf, daß das, was ich um den Hals trage, das Bild meines Vaters ist. Tatsächlich kann der Mensch darauf irgend jemand sein. Nun habe ich mich aber entschlossen, daran zu glauben, daß es sich hier um meinen Vater handelt. Ich glaube daran, daß mich ein geheimer Code mit irgend jemandem verbindet, nicht bloß mit meinem Termitenerbe, sondern mit einer ganz bestimmten Person; einem vorstellbaren Menschen, dem ich weder nachfolgen noch widersprechen *muß*. Für den oder gegen den ich mich entscheiden kann.

Mein Beharren, mein Glaube, daß mich ein geheimer Code mit irgend jemandem verbindet, scheint mit der Angst zu tun zu haben. Die Entdeckung einer Gemeinsamkeit, eines Gemeinsamseins mit anderen Menschen, soll offensichtlich die Angst lähmen. Wir fürchten so vieles, aber die Entdeckung dürfte uns in Wahrheit nur lähmen oder einander in die Arme treiben, ob das einen Sinn ergibt oder nicht. Es geht dabei nicht darum, wer der andere ist, sondern nur darum, daß einer ist. Wenn nur irgendeiner ist. Kein Zeichen für Stärke, wenn ich mir die Bemerkung erlauben darf. Eine Verbrüderung aus Schwäche ist noch schlimmer als die aus Einsamkeit. Aber wir vollziehen sie. Wahrscheinlich, weil Sterben so lange dauern kann.

Man sollte von einem Augenblick zum anderen tot sein dürfen.

Ich hätte gerne mehr über das Sterben erfahren, gern Genaueres gewußt, aber das Pochen meines Herzens beginnt sich störend zwischen alle Gedanken zu stellen. Ich lasse das Tonband laufen, obwohl es Tag ist. Der Kälte wegen kann ich meine Finger kaum bewegen. Es läßt sich nichts fassen, geschweige denn erfassen oder festhalten. Ich liege im Bett und starre zum himmelwärts weisenden Pol meiner Glaskugel und höre das Pochen meines Herzens. Etwas pocht in mir einen Code, pocht geheime Morsezeichen. Etwas in mir will hinaus, will mich verlassen, als sei es ein eigenständiger Körper, ein selbständiges Wesen, das Verbindung zum All aufnehmen will. Etwas begehrt nicht Einlaß, sondern Auslaß. Die Milchstraße ist noch seuchenfrei. Mein Lieber, jetzt melden Sie sich?

Ich fühle nicht nur den Hunger, ich höre ihn. Mein Bauch knurrt und fletscht die Zähne. Ich bin Bauch und Aufruhr. Jetzt melden Sie sich? Ich bin nicht fähig, mir zu begegnen. Im Spiegel knurren mir meine Eingeweide entgegen. Das Tuch, mit dem ich ihn verhängt habe, ist irgendwann heruntergefallen. Nun sehe ich mich wieder. Ich muß nicht einmal den Kopf heben. Die Krümmung der Kugel bewirkt, daß er sich zu mir neigt. In allen Lagen sehe ich mich. Hören Sie um Himmels willen mit Ihren Morsezeichen auf. Es ist nicht fair, mich jetzt zu überfallen. Jetzt, wo ich keine Widerstandskraft mehr habe.

Ich weiß, was ich auf den Bildern im Keller gesehen habe. Sie müssen sie nicht gerade in diesem Augenblick hervorzerren, nicht gerade jetzt. Wir müssen nur noch diesen einen Tag überstehen, dann haben wir es geschafft. Dann können wir über alles in Ruhe reden. Wenn ich gegessen habe, wird sich alles ertragen lassen. Nur jetzt nicht. Was wollen Sie denn ausgerechnet jetzt? Schauen Sie doch einmal aus meinem Kopf heraus. Dieses konturenlose Wesen ohne Ausdruck unter der Bettdecke bin ich. Ich bin an meiner Grenze angelangt, und die Grenze verhindert, daß ich mir vertraut werde. So soll ich mich in Erinnerung behalten?

Ich will mir nicht auch noch beim Sterben zusehen. Gedanken daran lehne ich rundweg ab.

Ich kann nicht.

Die Koketterie, in meinen Wunden zu wühlen, ist mir bisher abgegangen.

Ich habe an meine Wunden geglaubt. Ich glaube daran, daß sie bluten. Ich glaube nicht, daß ich das alles mit Marmelade und Schminke als Spiel spielen möchte. Es ist nicht alles Spiel und nicht alles so leicht, um leichtfertig gesagt zu werden. Was versprechen Sie sich wovon? Und was davon, daß Sie mir das Bild meines Vaters vor Augen halten? Ich hätte sehr gerne gewußt, wer er war, aber jetzt bin ich ihm nicht gewachsen.

Dieser plötzliche Aufruhr in meinem Bauch. Von einem Augenblick zum anderen. Trotz aller Erwartungen unvorbereitet. Schon wieder der Bauch. Erinnern Sie sich? Auch damals, als man mich fand, war er schuld, war diese ungezähmte Gier schuld an allem. Ich muß da hinaus. Ich muß da hinaus. Ich muß da durch. Ich muß durch. Ich muß durch Ihre Morsezeichen, koste es, was es wolle. Sonst verliere ich den Verstand, wenn ich ihn nicht schon verloren habe.

In solchen Augenblicken, sagt man, ist es nötig, sich unleugbare Wirklichkeiten ins Gedächtnis zu rufen. Der Tisch IST. Der Boden unter den Füßen IST. Die Kanten der Regale sind WIRKLICHKEIT. Stoße die Fingerknöchel an ihnen wund, bis es schmerzt. Schmerz ist Wirklichkeit, durch Wirklichkeit verursacht. Erinnere dich all der Tatsachen, die du unumstößlich weißt.

Ich habe keinen Namen, den irgend jemand ausspräche.

Ich bin.

Ich bin auch, während mein Herz pocht und morst und pocht und morst, während es Geräusche vollbringt, die nicht abschaltbar sind, denen mich keine wohltuende Ohnmacht entziehen wird, so wie es auf der Straße geschah. Geräusche von innen, gegen die die Wachskugeln nicht ankönnen. Dieses Pochen, das die Asche in meinem Gehirn auffliegen läßt und Krater, erloschene Vulkane, darunter bloßlegt. Das unten bin ich. Ich erinnere mich. Das unten an der Talsohle der Krater war ich. O ja, ich erinnere mich. Ich erinnere mich an alles. Ziehen Sie die Bilder hervor, die ich kenne, ich werde sie anerkennen. Zeigen Sie sie mir, ehe ich sterbe. Ich will sie ansehen, bevor ich ganz tot bin. Gut. Weiterpochen. Weitermorsen. Wir haben eine Botschaft in die Stadt zu trommeln. Zeigen Sie mir alle Bilder, die Wirklichkeit sind wie meine blutenden Hände. Alles andere ist Traum. Das Land ist Traum – oder Lüge. Es gibt kein Land, das, unvergleichbar anderen, auf uns wartete. Wir werden nie mehr zu Hause sein. Die Dichte der Welt ist undurchdringlich, jeder Gedanke nur die Erinnerung daran, daß es keine Paradiese gibt und unsere Geschichte eine Geschichte der Vertreibung ist. Wir sind alle Findelkinder. Eine Stadt voller Findelkinder. Wir können alle unsere Identität nicht nachweisen. Die Pässe sind ungültig. Die Erinnerungen lückenhaft. Die Geständnisse unvollständig. Wir haben die alten Bilder gefunden, aber nicht beantwortet.

O ja, ich erinnere mich des Kellers, in dem vergraben wurde, wessen wir uns sonst zu schämen hätten. Ich habe auch noch andere Bilder gesehen, die ich vergessen wollte, nicht nur den Scheiterhaufen, aber nun erinnere ich mich wieder. Es bricht hervor. Es quillt aus mir, reißt mich auf. Es ist die Stadt, die aus mir hervorbricht, die Dämme bersten läßt, die Haut zersprengt. Die Barriere wird eines Tages fallen, dessen bin ich sicher. Aber was dann hervordrängt, wird das Land überschwemmen, die Erdkugel erfassen, die Galaxis verseuchen. Wir sind eine Infektion, sagt man uns nach, und ich will das glauben. Wir sind eine Krankheit oder ein Irrtum, ein sichtbar gewordener, atmender, keuchender, nach Luft schnappender Fehler.

Amir hat eine bruchsichere Glaskugel erbaut – um was zu tun? – Nun lachen Sie Ihr Lachen, mit dem Sie mich die ganze Zeit verhöhnen wollten. – Um den Lärm abzuhalten? Um sich vor der Stadt zu retten? – Ich kenne die Antwort. Um die Stadt vor ihm zu retten. Um das Land, das immer nur sein wird, wo wir nicht sind, vor uns zu bewahren. Mauern türmen. Befestigungen bauen. Gräben ziehen. Die Glaskugel sichern, die Stadt überdachen und überdachen und überdachen...

Ich werde nie mehr nach draußen gehen. Die Stadt würde bersten, beträte ich sie, würde in einer glühenden Explosion aufgehen, die Atmosphäre zerreißen und auf das Land herabregnen. Ich erinnere mich nun. Ich weiß. Ich weiß, warum man mir nicht sagen wollte, wer mein Vater war, wer meine Mutter ist: Die Verursacher der Stunde Null, die Verursacher der verschlossenen Tore, der aufgerichteten Mauern, der entgeisterten Sehnsucht. Die Schöpfer einer Welt, in der alles sterben muß, ehe es *ist,* die Schöpfer des Dunkels und der Finsternis in uns. Und ich bin ihnen ähnlich. Die getreue Kopie ihrer selbst bis in das kleinste Detail jeder Zelle. Fragen Sie mich nicht, was ich damals, anstelle meines Vaters, an der Zeitenschwelle zur Stunde Null getan hätte. Oder fragen Sie. Es ist an der Zeit, nicht mehr zu leugnen. Fahnen schwenken. Mitmarschieren. Mitschreien. Mitbauen an der Barriere...

Wir hätten es besser gemacht. – So lachen Sie doch. Wir sind keine Mörder. – Ah, ich weiß, meine Haut ist rundherum glatt. Alles an mir ist zugewachsen und eingenäht. Keine Narben. Keine Schrammen. Aber das gibt es doch nicht, wollten Sie sagen? Das dürfte es nicht geben. – Wir sind unschuldig, wollten wir sagen. Und die anderen Erinnerungen? Ich habe kein Fallbeil geführt, aber das war Zufall. Ich habe keine Mauer gebaut. Auch das war Zufall. Lachen Sie Ihr Lachen über die getreue Kopie, die perfekte Nachahmung – und dann: vernichten, alles vernichten. Die Luftzufuhr absperren, die Schleusen zumauern. Zu. Zu. Zu.

Die Nahrungszulieferung in meiner Glaskuppel ist durch einen Irrtum neun Tage lang gestoppt worden. Das kann passieren. Wir sind einfach zu viele in dieser verfluchten Stadt. Und wir haben zu denen, die uns beliefern, keinen persönlichen Kontakt.

Das ist mit voller Absicht so eingerichtet. Wir sollen uns mit unseren Bitten an niemanden anderen wenden können, außer an die Stadtverwaltung. Persönliche Kontakte könnten die Gerechtigkeit gefährden. Wenn Mitgefühl eine Rolle zu spielen beginnt, ist die wortgetreue Erfüllung des Gesetzes in Gefahr. Einen Vertrauten scheut man sich anzuzeigen, was zu geschehen hätte, spräche einer einen Beamten mit einer Bitte an. Einen Freund ist man vielleicht sogar versucht anzubetteln, wenn man sich in Not befindet – ohne Scham –, einen Fremden kaum. Zumindest erwartet man das behördlicherseits nicht. Aber ich denke: Nur wenn einer dem anderen völlig gleichgültig ist, läßt sich das Gesetz hin und wieder durchbrechen, weil einem dann auch das Gesetz gleichgültig wird. Gerade Bekannten gegenüber schämt man sich leichter. Oder man beneidet sie.

Allerdings – ob Freund oder Fremder – die Einhaltung der Verordnungen wird durch Computer überwacht, und diese Blechkästen kennen weder Mitgefühl noch Neid. Ihre Programme werden zum Zeitpunkt unserer Geburt erstellt und später kaum mehr geändert. Da müßte schon eine Ungeheuerlichkeit geschehen, um ihnen zu entkommen. Weder Fantasie noch Tücke weisen einen Weg aus diesem Netz.

Wie auch immer. Plötzlich weiß der Computer wieder, daß es mich gibt und daß ich noch immer ein Recht darauf habe, an der allgemeinen Fütterung teilzunehmen. Ich habe Milch getrunken und Brot gegessen. Nach längerem Fasten soll man vorsichtig trinken, langsam kauen, bedächtig schlucken. Ich bin vorsichtig, langsam und mißtrauisch wie ein ausgenüchterter Betrunkener, der nach einer langen Nacht vergessen möchte, was geschehen ist.

Ich habe während des Kauens und Schluckens einen Teil des Tonbandes abgehört. Mit dem Hinhören wollte ich mich am allzu schnellen, allzu gierigen Essen hindern. Lächerlich das. So sehr die Fassung zu verlieren. Es gibt keine vernünftige, nicht einmal eine unvernünftige Erklärung dafür. Wenn ich das Amir erzähle. Ich glaube, daß ich es tun sollte. Schon um mein langes Ausbleiben zu erklären. Einen Mann wie ihn läßt man nicht warten, und wenn man ihn schon warten läßt, dann läßt man ihn nicht im unklaren über sich.

Die Kältewelle scheint noch immer nicht abgeflaut. Meine Glaskugel ist eingefroren. Prall und rund wölbt sie sich über mich, und ich komme mir darin vor wie ein Embryo, ein Embryo in einer versteinerten Gebärmutter, der nur noch ein paar Tage Zeit hat auszuschlüpfen, danach wird er abgestorben sein.

Es schein mir absurd, ausschlüpfen zu wollen, weil ich mir nicht vorstellen kann, was werden wird. Welche Gestalt? Das Gesicht, mit dem ich hier herinnen lebe, werde ich kaum behalten, was mir auch nicht erstrebenswert erscheint. Aber immerhin wäre meine Vorstellung, wenigstens eine ungefähre, von meinem späteren Aussehen recht nützlich. Ich habe nicht vor, jemals wieder meinetwegen in Entsetzen zu geraten. Die zukünftige Gestalt ist nicht unwesentlich. Sie gäbe mir meine zukünftige Bestimmung. Ich meine, daß ich mit einem bestimmten Gesicht nicht gleichzeitig irgendwer sein könnte. Und erst dann wäre jeder Irrtum ausgeschlossen.

Das erinnert mich daran, daß wir während der vorletzten Klasse einmal Raupen gezüchtet haben.

Der Biologieprofessor kam eines Tages zur Türe herein und verkündet mit feierlichem Gesicht, daß es ihm gelungen sei, die Erlaubnis für ein einzigartiges Experiment zu erwirken. Er stellte eine Schachtel auf den Katheder und hieß uns aufstehen.

In einer langen Reihe marschierten wir an der Schachtel vorbei, einer nach dem anderen, und starrten hinein. Eine Raupe, sagte der Professor. Maulbeerblätter. Dies ist eine Seidenraupe, und sie ernährt sich von Maulbeerblättern. In wenigen Tagen wird sie sich verpuppen. Sie wird ein Geflecht aus Seide um ihren Körper spinnen und dann absterben, aber es wird kein endgültiger Tod sein. Wenn das Experiment gelingt, werden wir einen Schmetterling bewundern können. Er sagte bewundern und, daß er Bewunderung von uns für dieses einzigartige Wunder der Natur erwarte, während ich dachte, warum er das arme Tier nicht sterben läßt. Aber es wurde ein Schmetterling daraus. Wochen später, an einem lauen Frühlingstag, die Sonne fiel schräg ins Klassenzimmer, und Cinderella sagte: Jetzt fehlt nur noch eine summende Fliege an der Wand, standen wir wieder in einer langen Reihe angestellt und gingen einer nach dem anderen an dem Schmetterling vorüber. Es war ein simpler Isidor vulgaris daraus geworden, und die Behauptung des Biologieprofessors, die Raupe sei eine Seidenraupe gewesen, erwies sich als falsch.

Später brachte eine Abordnung der Schule den Falter an die Stadtgrenze. Das war eine der Auflagen bei der Übernahme gewesen: daß das Tier, falls überhaupt etwas daraus werden konnte in der Stadt, zurückgebracht werden müsse. Der Beamte am Kontrollpunkt soll gesagt haben: Daß das möglich ist, daß in dieser Stadt ein Schmetterling schlüpfen konnte, und nahm das Tier mit einer Miene in Empfang, die sowohl Verwunderung als auch Ärger ausdrückte.

Die Verwunderung erfüllte uns mit Schadenfreude. Der Ärger ängstigte uns. Damals liefen gerade Verhandlungen zwischen Stadt- und Landbehörde bezüglich der Lockerung der Auswanderungsbestimmungen. Cinderella wußte davon. Sie befürchtete, daß der Ärger nichts Gutes verhieß, und behielt recht. Wenige Tage später wurde bekanntgegeben, daß die Verhandlungen auf einen späteren, noch näher zu bestimmenden Zeitpunkt verschoben worden waren. Das war die allgemein übliche Redewendung für Scheitern.

Wir aber hatten einen Schmetterling, den ersten in unserem Leben, lebend und nicht bloß auf einem Foto zu Gesicht bekommen, und wenn er auch nur Bild im Kopf geworden war, so war dieses Bild doch ein anderes, als es bloße Reproduktionen hinterließen. Ich hatte das Zucken von Flügeln gesehen, das Anschlagen der Flügel an der Glaswand des Gehäuses, in dem er herumflatterte. Das ließ mich glauben, daß dieser Isidor vulgaris und der aus dem Lehrbuch nicht ein und dasselbe Tier sein konnte. Ich empfand den Lebenden als Person und die Erinnerung an ihn als eine persönliche Erinnerung, während alle anderen Vorstellungen von ›Schmetterlingen‹ allgemein waren, jedem in der gleichen Weise zugänglich, von jedem in einer sehr ähnlichen Weise denkbar. Diese persönliche Erfahrung, die sich von anderen Erfahrungen deutlich abhob, beunruhigte mich, und so schob ich sie beiseite.

Irgendwann danach kam Cinderella in einer Pause zwischen den Unterrichtsstunden zu mir, wies ein Buch vor und sagte: Er wird nicht fliegen können.

Ich wußte zuerst nicht, worauf sich ihr Satz bezog. Erst als sie das Buch aufschlug, dachte ich wieder an unser Experiment.

Er braucht Blütenstaub – sofort, nicht erst später, fuhr sie fort, Blütenstaub, um damit seine Flügel zu beschweren, sonst ist er zu leicht. Jeder Windhauch kann ihn forttragen. Die Verwandlung ist nur eine scheinbare gewesen. Er hat nur ausgesehen wie er, mit allen Voraussetzungen, er zu werden, aber wir hätten ihn nicht einsperren dürfen.

Natürlich hätten wir ihn nicht eingesperrt, wenn wir gewußt hätten, antwortete ich. Dann dachte ich plötzlich: Das ist nicht so sicher.

Es war keinesfalls sicher. Ganz im Gegenteil. Wenn man einen Gedanken faßt, der ungewöhnlich ist, versucht man ihm Gestalt zu geben, ihn zu formen, vielleicht zu zwingen. Ein Experiment war ein solcher Gedanke. Vielleicht hätten wir uns auch vorgestellt, daß wir die ersten sein würden, denen wider alle Natur glückte, was die Natur nicht vorgesehen hatte. So, wie wir es offensichtlich in vielem dachten. Fliegen war ein solcher Versuch, Überleben ein anderer.

Cinderella klappte damals das Buch zu, und ich erinnere mich, daß sie zum ersten und einzigen Mal böse wurde. Wenn wir gewußt hätten, sagte sie, ja? Und warum haben wir nicht gewußt?

Man soll solchen Fragen nicht nachgehen – oder besser: Wenn man schon weiß, daß man ihnen nicht nachgehen will, die Erinnerungen an sie grundsätzlich vermeiden. Auslöschen. Sie möchten selbstverständlich, daß ich darüber nachdenke. Warum haben wir nicht gewußt? Ich sage Ihnen, wir haben auch anderes nicht gewußt. Also frage ich: Warum gerade das ja? Wir haben immer nur so getan als ob. Die ganze Zeit über. In unseren Diskussionen, Verweigerungen, Plänen. Wer begreift schon, solange er bloß vor sich hin lebt, was er tut? Und jetzt, im nachhinein, wissen zu wollen scheint mir nicht nur unmöglich, sondern auch töricht. Es veränderte nichts, hielte nichts zurück, bewirkte nichts mehr. Kein Wintermorgen wird über die Stadt kommen und mit ihm die Erzählungen von leisem Schneefall. Keine alte Antwort wird von einer besseren, nicht einmal von einer neuen abgelöst werden. Alle Vergeblichkeit bräche auf, die Vergeblichkeit aller menschlichen Vereinbarungen. Und – obwohl ich denke, daß das zu sehen vielleicht wichtig ist, bleibt es unerfreulich. Denn dort, wo wir aufhören, Termiten zu sein, wo für eine mutigere Natur, als ich es bin, das Abenteuer begänne, wo kein angeborenes oder andressiertes Programm uns lenkt, ist nichts klar und nichts klärbar. Dort beginnen die Gesetzwidrigkeiten unseres Daseins.

Glauben Sie mir, eine große Blindheit ist darauf die einzige vernünftige Schlußfolgerung. Sie ersparten sich Ihren Fragen, und ich müßte nicht in einem fort wiederholen, daß ich keine Antworten kenne.

Es ist kalt, und meine Finger sind steif gefroren. So lange wie früher können Sie mich beim besten Willen nicht mehr schreiben lassen. Ich fühle mich kraftlos, und das Tonband ist auf beiden Seiten besprochen. Eine müßte ich löschen. Aber welche?

Ich weiß es nicht. Ich möchte, daß Sie mich in Ruhe lassen. Ich fange erst ganz allmählich an, zu Kräften zu kommen und erst langsam zu begreifen, was ich alles auf das Tonband gesprochen habe. Natürlich wollen Sie meinen Zustand ausnützen. Das sieht Ihnen ähnlich. Mein Gott, sofort treiben Sie mich weiter: in den

Tag, ins Erwachen. In den Tag. Ins Erwachen. Sie schauen meine verhängnisvoll aufgerissenen Augen an – aufgerissene Augen sind immer verhängnisvoll – und triumphieren heimlich. Und was tue ich? Statt mich zur Wehr zu setzen, erzähle ich Ihnen sofort die nächste Geschichte.

Offensichtlich aus Gewohnheit.

Haben Sie von meinen Geständnissen nicht allmählich genug? Na schön, wir haben die Zeit hinter uns gebracht, die wir abwarten mußten. Aber das hätte auch angenehmer verlaufen können, zum Beispiel mit Leben-und-Erfinden-Spielen. Das sind zwar nicht die richtigen Worte, aber das macht nichts. Er wäre irgend etwas gewesen. Ein Irgend-Etwas, nicht Bestimmtes, und das ist immer gut. Ich meine das Unbestimmte. Verdünnte Luft. Noch nicht so verdünnt, daß man um Atem ringt, sondern nur weniger zähflüssig.

Die Verursacher machen mir zu schaffen. Es gibt Worte, manchmal ganze Sätze, die einem den Tag vollständig verderben können. Warten Sie bis morgen. Noch einmal essen, und ich wehre mich mit Erfolg.

So geht das nicht. Ich mag mich jetzt nicht entscheiden, welche Tonbandseite ich löschen werde. Natürlich bin ich über die Beschränkung froh. Warum sollte ich nicht darüber froh sein, wenn es mir gelingt, Ihre Pläne zu durchkreuzen. Die Beschränkung ist im Augenblick das einzige, das ich Ihren rücksichtslosen Erinnerungsversuchen entgegenhalten kann, da Sie fortwährend auf irgendwelchen Geständnissen bestehen. Ich sage Ihnen, daß sie keinen Milderungsgrund darstellen. Und unsere Richter vermögen nicht freizusprechen. Das liegt nicht im Sinne ihres Amtes. Das Gerede davon soll lediglich die Beweisaufnahme erleichtern. Danach steht am Ende jedesmal der gleiche Spruch, der nichts bedeutet.

Ich kenne das. So ist man mit uns während der gesamten Schulzeit umgegangen.

Erleichtern Sie Ihr Gewissen. – Mein Gott! Sprechen Sie sich aus, das wird vieles einfacher machen.

Als ob es eine Angelegenheit der richtig gewählten Worte wäre, mit welchem Ballast ein Mensch leben muß oder wovon er sich befreit.

Tatsächlich liegt die Rettung, wie mir scheint, in einer einzigartigen Verstocktheit, für die Sie nur deshalb nichts übrig haben, weil Sie nicht begreifen können, worauf ich mich einzulassen hätte. Sie sehen sich meine Erinnerungen als Fremder an. Sie können jederzeit den Ihnen genehmen Abstand wählen. Die Augen schließen und zurücktreten. Ich hingegen müßte aushalten, was dann zutage träte. Sie wissen noch nicht, was für ein Abgrund ein Mensch sich selbst sein kann. Alle Erzählungen darüber helfen da nicht. Ich hingegen müßte in den Schacht hinuntersehen, auf dessen Grund ich entweder ein Fremder oder ein Toter bin. Unkenntlich. Kein Mensch kann das, ohne daß ihn ein gewaltiger Schwindel erfaßte. Und was dann? Werden Sie meinen Absturz verhindern? He? Mit welchem Netz?

Ich habe das Fallen oft beobachtet. Das Fallen eines Bleistiftes, hart und in ein Rollen übergehend. Das Fallen eines Tuches, leicht und zögernd, das schwere Fallen von Stühlen, und dann ist da noch ein Sturz. Vier Stockwerke abwärts, und Sie wollen, daß ich noch einmal hinuntersehe. Ich will nicht. Einundzwanzig zweiundzwanzig, dreiundzwanzig, vierundzwanzig, aus. Ein Aufprall, ein Schlag. Ich will nicht. Klarheit, immerhin – eine schreckliche, unwiderrufliche Klarheit. Die vollkommene Verneinung. Aber kein Mensch kann sich ein Leben lang dort aufhalten, wo alles Verneinung ist. Lassen wir das. Auch die Tröstungsversuche danach wollen wir einander ersparen. Kein Mensch vermag sich ein Leben lang bei den Hoffnungen aufzuhalten angesichts des Begreifens, daß er es ist, der sie verhindert. Ein ewiges Hin und Her, ganz nach dem Geschmack derer, die uns Appetit auf das Leben einreden wollen, und das sich nur aufrechterhalten läßt, wenn man jede Klarheit vermeidet.

Gewöhnen Sie sich also daran, daß ich auch weiterhin wie ein Blinder den Raum abtasten werde, der weiß, daß es keinen Sinn hat, die Augen aufzureißen, denn da ist nur Finsternis, und der vielleicht nur aus Angst mit Ihnen spricht, aus Furcht vor einer noch größeren Finsternis, die er selbst ist.

Ich kann nicht.

Wir sind, wie wir sind, das ist meine Entschuldigung. Die Dunkelheit ist vollkommen. Eine tote Welt ohne Licht, ohne Luft, ohne Farben ist meine Erinnerung. Als Besiegter leben. Blindlings. In einer toten Welt, unter Fremden. Man versteht den Gesichtsausdruck eines Menschen ohnehin nicht. Das ist Grund genug, sich über Augen keine Gedanken zu machen. Oder über gebeugte Rücken. Ich muß nur noch einmal Suppe gegessen haben, und alles geht weiter.

Das Tonband. Niemand gleicht mir weniger als dieser aufgeregte Bursche, wahrscheinlich blaßgesichtig, der sich begierig auf alle unlösbaren Fragen stürzt. Ich will ihn nicht fortsetzen. Er soll sterben, da er schon so lange tot ist. Bedauerlicherweise hat auch die Stille einen Preis. Und Sie bestehen auf Bezahlung. Na schön, es gibt da noch eine Geschichte. Ich werde die Zehennägel betrachten, während ich sie Ihnen erzähle. Oder versuchen, den kleinen Finger zu krümmen, ohne die anderen Finger zu bewegen. Zur Vorbeugung.

Dann muß ich noch den Tonfall überlegen und die Strategie der Sätze. Vielleicht so, wie ich es in der Schule gelernt habe. Kontinuierlich. Eins aus dem anderen sich entwickelnd. Das ist zwar unmöglich, trotzdem entsprach diese Vorgangsweise der geforderten Form. Ich werde sie übernehmen. Sie ist so angenehm unwirklich.

Falls ich in den alten Eifer verfallen sollte, ist das Ihre Schuld.

Ich floh. Ich rannte fort, das weiß ich. Das wäre nichts Besonderes. Einfach auf der Flucht zu sein, hätte zu mir gepaßt. Nicht dieses kopflose Die-Stiegen-Hinunter, denn ich hatte Grund zum Laufen. Ich rannte durch alle Länder, die ich kannte, und auch als ich längst wußte, daß mir niemand folgte, lief ich weiter. Ich hätte nicht stehenbleiben sollen, was ich dann doch tat. Wo genau, weiß ich nicht. Irgendwo zwischen Äquator und Eismeer. Kann sein in den Kornkammern von Styx' Ländereien oder in einem alten Fischerdorf, ich habe nicht hingesehen. Ich hatte keine Zeit dazu.

Jetzt bin ich sicher: Ich lief, solange ich festen Boden unter den Füßen hatte, bis ich am Meer stand. Das Wasser war voll von Fischen. Ich habe doch hingesehen. Ich sah das Wasser unter ihren Schwanzschlägen kochen, und dann war da noch ein Boot, aber zum Schluß kam ich wieder hierher zurück.

Diese Geschichte erscheint Ihnen wenig wahrscheinlich? Das macht nichts. Ich erzähle sie Ihnen nicht, um Sie zu zerstreuen. Aber nach dem Scheitern, Ihren Tröstungsversuchen, der darauffolgenden Ruhe, der ganzen Unsinnigkeit dieses Vorganges, werden Sie mich vielleicht leben lassen, wie ich bisher gelebt habe. Nur so viel noch, ehe ich anfange: Es war mir damals ernst. Ich war dem Ernst vollkommen verfallen. Und auch das muß ich zugeben: Möglicherweise entkomme ich ihm jetzt ebensowenig wie damals.

Ich habe über Cinderella schon gesprochen, aber selbstverständlich nicht die Wahrheit erzählt. Warum hätte ich sie von meinen Lügen ausnehmen sollen. Sie war der einzige Mensch, vor dem ich mich nie geschämt habe. Dabei weiß ich nicht einmal, wie sie wirklich hieß. Cinderella war ihr Spitzname, eine unserer üblichen Rohheiten, einen Menschen aus der einmal getroffenen Einordnung nie mehr ausbrechen zu lassen. Sie war unser Aschenputtel, obwohl es ihr hätte bessergehen müssen als den meisten von uns, denn die Schulbehörde teilte ihr ihres ungewöhnlichen Intelligenzquotienten, vor allem aber ihrer hohen Konzentrationsfähigkeit und Lärmresistenz wegen allerlei Vergünstigungen zu.

Man setzte große Hoffnungen in ihre Entwicklung, erwartete, daß sie den Weg zu jenem neuen Menschen wies, der die Stadt ertrug; mehr noch: der sie überwinden lernte. Dieser Möglichkeit war man bereit, alles zu gewähren, was die Stadt zu bieten hatte.

Und trotzdem besaß Cinderella nichts.

Ihren Wintermantel trug ein anderes Mädchen, ein braunhaariges, dummes Geschöpf, dessen Namen ich vergessen habe. Nur daß sie ihr Haar zu Zöpfen geflochten trug und ihr Vater ein höherer Beamter der Stadtverwaltung war, weiß ich noch. Wir teilten Cinderellas Zusatzobstration unter uns auf und aßen ihre Schokolade. Später lasen wir ihre Bücher und ließen sie unsere Referate ausarbeiten. Zumindest die halbe Klasse hielt es so und dankte nicht einmal dafür. Cinderella gehörte zu den Menschen, die, weil sie wehrlos sind, grundsätzlich ausgenützt werden. Sie bemerkte es nicht, sondern sah immer nur ihr Ungenügen. Sie wußte, was man von ihr erwartete: den Ausbruch aus der Stadt, aber sie muß schon damals geahnt haben, daß sie ihn nicht würde vollziehen können, und so wurden die Hoffnungen, die man in sie setzte, zu einer Last, unter der sie allmählich zusammenbrach.

Eines Tages blieb sie dem Unterricht fern, und es hieß, daß sie einen Selbstmordversuch unternommen habe. Weiß der Teufel, wie es ihr gelungen war, an die Droge zu kommen, mit deren Hilfe sie aus dem Leben scheiden wollte. – Man pumpte ihr den Magen aus und behauptete hinterher, sie gerettet zu haben.

Im allgemeinen ließ man Findelkinder tun und lassen, was sie wollten. Ihre Einstellung zum Leben interessierte die Behörde nicht. Wie ich Ihnen schon erzählt habe, wurden wir in den Verordnungen, die den Selbstmord behandelten, nicht einmal erwähnt. Kein Mensch hätte sich daher unter normalen Umständen um Cinderella gekümmert. Unter normalen Umständen hätte man sie sterben lassen. Aber sie stand auf der Liste der wichtigen Persönlichkeiten, also war ihr Selbstmord verboten.

Trotzdem verzichtete die Schulbehörde auf disziplinäre Maßnahmen. Sie war noch immer ein höchst interessantes Experiment, dessen günstigen Verlauf man nicht gefährden wollte. Als sie nach einer Woche wieder genesen, wie man uns sagte, in die Klassengemeinschaft zurückkehrte, wurde sie gehätschelt wie die Raupe, deren Verwandlung zum Schmetterling wir erlebt hatten. Er wird nicht leben können, hatte Cinderella gesagt. –

Auch sie lernte nicht fliegen.

Nach außen schien sie uns kaum verändert, und wir waren zufrieden. Keine weiteren Probleme. Dabei hätte uns gerade ihr Gleichgeblieben-Sein warnen müssen. Wir begriffen nicht. Aber wir begriffen ja auch sonst kaum etwas. Am allerwenigsten ich. Ich lieferte ihren selbstzerstörerischen Zweifeln auch noch die Munition.

Ich sprach über unsere Verstrickungen, weil ich Freiheit, woher immer, nicht ertragen hätte. Ich redete von der Sinnlosigkeit des Daseins, weil sich damit beweisen ließ, daß alles Irrtum war, alles Fehler. Ich sprach über unsere gemeinsame und unausweichliche Schuld, damit ich behaupten konnte, daß es für mich nichts zu bereuen gab, und kam mir dabei weiß Gott wie großartig vor in meiner gewaltsamen Distanz, erst gar nicht bereit, etwas durch den Panzer meiner gespielten Überlegenheit dringen zu lassen. Die Haltung gefiel mir. Ich ging durch die Zeit wie ein alter Mann, der sein Leben hinter sich gebracht hatte und als vergeblich erachtete. Mit einer Handbewegung entzog ich mich der Verpflichtung zu trauern. Ich wollte nichts und niemandem gestatten, mir weh zu tun.

Ich konnte mir das leisten. Cinderella trauerte für mich. Cinderella litt für mich. Und ich begriff immer noch nicht, wie sehr ich sie mit jedem meiner Worte verletzte. Gift, alles Gift, was wir reden. Leicht dahingesagt. Ohne Überlegung. Worte, die man sich ansteckt wie ein melancholisches Schmuckstück. So zu reden fiel mir deshalb leicht, weil ich selbst ja nichts von dem glaubte, was ich sagte. Ich kokettierte mit dem Untergang, eben weil ich mich vor ihm sicher fühlte. Ich wußte, daß er mich nicht bedrohte.

Cinderella erlebte ihn. Sie, die meinte, uns alle erlösen zu müssen, der man ihre ›Mission‹ so lange eingeredet hatte, bis sie nicht mehr anders konnte, als daran zu glauben, die sich uns gegenüber ständig schuldig gefühlt hatte, nahm meine Worte ernst. – Und fühlte sich nun doppelt schuldig: als die, die unsere Hoffnungen enttäuschte, und als die, die auch noch Luft, Wasser und Raum beanspruchte. Ein völlig nutzloses Wesen, so sehr verwundet, daß es nicht einmal mehr zur Verzweiflung reichte.

Eine gleichmäßige, kaum mehr zu durchbrechende Traurigkeit umgab sie, die uns schon wieder wie Fröhlichkeit vorkam; eine Schwermütigkeit, die sie so sehr durchdrang, daß sie uns schon wieder leichtfüßig erschien.

An diesem Tag, den ich meine, kam sie in der Mittagspause zu mir und bat mich, ich möge sie auf einem Spaziergang durchs Schulgebäude begleiten. Wie zufällig – heute weiß ich, daß es kein Zufall gewesen war –, wie zufällig gerieten wir auf den Dachboden des Schulhauses. Sie muß den Weg früher ausgekundschaftet haben. Jedenfalls wußte sie, daß er versperrt war, und deshalb hatte sie mich mitgenommen.

Mir schien es Spiel: eine Tür aufzubrechen, die vorher versperrt gewesen war; von großer Höhe einen Blick auf die Stadt zu werfen, die auch damals schon, aber noch nicht so wie heute, von Lärm erfüllt war.

Ich brach die Türe, die den Dachboden vom letzten Stockwerk des Schulgebäudes trennte, auf. Cinderella wollte es so. Ich begleitete sie an die Dachluke, stemmte mich dagegen, öffnete sie. Ich glaubte Cinderellas Wunsch richtig zu verstehen, von oben auf die damals erst im Entstehen begriffenen Neubauten hinunterschauen zu wollen, auf dieses traumhaft anmutende Stadtbild; zwischen alten Fassaden die ersten gläsernen Gebilde, durchsichtige, schwingende Pilzkappen, wie sie in den Wäldern einem Gerücht nach zu finden waren, in den Wäldern, die wir nie betreten haben, aber von denen man uns ununterbrochen erzählte; unter einer Sonne, die damals noch hie und da die Dunstglocke über der Stadt durchbrach, deren Licht von den Glasflächen zurückgeworfen wurde, uns in die Augen sprang, blendete, sogar blind machte für einen Augenblick.

Sie stützte sich auf meine Schultern. Ich glaube, ich sagte noch, daß sie vorsichtig sein möge, darauf achten solle, daß sie nicht das Gleichgewicht verliere. Und sie hat geantwortet, daß sie es für möglich halte, die Stadt von hier bis zum Beginn des Landes zu überblicken. Sie sagte: Vielleicht kann man die Stadt bis zu ihrer Grenze hin überschauen, über die Grenze hinaussehen, bis dorthin sehen, wo unser Getrenntsein aufhört. Ich habe ihr Gewicht getragen und sie aufgefordert, ihr Gleichgewicht zu halten. Ich glaube, sie hat mit einer Frage geantwortet, nicht dem Wortlaut, aber dem Sinn nach: Was, wenn wir nicht gleich gewichtet sind?

Mit einem tiefen Einatmen, das ich jederzeit imstande bin nachzuahmen, und daher weiß ich, daß es kein Seufzer war, mit einem tiefen Einatmen sprach sie weiter. Die Stadt ist zu weit. Sie ist überall. Sie sagte auch noch, daß wir dieses Untier nie verlassen würden, weil es in uns sei.

Und es waren meine Hände, meine Schultern, auf denen sie stand und dann plötzlich nicht mehr stand. Kopfüber, man muß sich das vorstellen, kopfüber, weil der Kopf als das Schwerste immer nach unten zieht, weil er als das Wichtigste und Gefährlichste zuerst abgetötet werden muß. Nicht das Herz, wie man immer behauptet, wie es während unserer Schulzeit auch noch in den Lesebüchern stand, nicht das Herz, der Kopf muß fallen, ist der Kopf einmal gefallen, fällt alles andere nach, der ganze Mensch.

Alles – Anfang und Ende, Bleiben und Fortgehen wurden mir in diesem Augenblick gleichgültig. Ich starrte durch das leere Fenster, von keinem Schatten, keinem Körper mehr verdunkelt, starrte in einen Himmel, der noch blau war und dachte an Styx' Verse, die einzigen Worte, die jemals für mich Bedeutung gehabt hatten. Ich wußte nichts von diesen Worten, die ich vor mich hinmurmelte wie ein Gebet, etwas, das man früher einmal gesprochen haben soll in Not – was ist Not? – Worte, die ich kaum kannte. Aber während ich fühlte, wie mich eine ungeheure Gleichgültigkeit ihnen gegenüber erfaßte, begann ich sie zu begreifen.

Ich fühlte mein Herz schlagen und schlagen, als wollte es mich vorantreiben, ich weiß nicht wohin, als wollte es sich von nun an jeden Augenblick des Friedens mit unerbittlichem Ernst verbieten. Und ich dachte an einen Himmel, den wir nie gesehen hatten, an einen anderen Himmel als den über der Stadt.

Später begann ich den Himmel zu hassen, die Farben, die auf dem Weg über andere zu einem Bild für Cinderella und mich geworden waren, ohne unser Bild zu sein; die nicht aufhören würden, für andere ein Bild zu bleiben, während sie sich uns verweigert hatten. Ich haßte die vom Sturm aufgepeitschte See, an deren Küste Styx nach eigenen Angaben gestanden war, um seine Verse dem Meer zu widmen. Ich haßte die Klippen oder das, was ich für Klippen halten mußte, da ich nie welche wirklich gesehen hatte.

Und dann fand ich eines Tages, viel später, sogar ein Bild zu Styx' Versen im Keller. Es sah fast genau so aus, wie ich es mir vorgestellt, wie Cinderella es entworfen hatte. Der Himmel STAND über dem Wasser. Und es war nicht unser Himmel. Und ich wußte plötzlich, daß wer immer nun, geformt nach den Vorstellungen der Stadt, von den Gedanken der Stadt bestimmt, an diesem Ufer stehen würde, dort allein stehen mußte. Getrennt von allem, das ihm jemals vertraut werden konnte. Getrennt von der Welt, von der Landschaft, die sich nur sehr zufällig um ihn gruppierte. Und niemand würde ihm beistehen bei seinen absurden Versuchen, sich mit diesem trostlos gewordenen Universum zu vereinen. Denn Cinderella war tot.

Wie in Panik hatte ich damals den Dachboden verlassen, die Türe verriegelt, war in die Klasse gestürzt und hatte mich auf meinen Platz gesetzt. Zuerst konnte ich nicht sprechen, später begriff ich, daß ich es nicht tun sollte. Es wäre nicht klug gewesen. Es hätte mir sicher geschadet, Zeuge gewesen zu sein, nicht nur das: Nichtverhinderer, der auf die Frage, was er sich bei allem gedacht habe, lediglich hätte antworten können: nichts, oder nichts Besonderes, weil ›nichts‹ nicht stimmt, weil man immer irgend etwas denkt; der Nichtverhinderer, der vielleicht noch hätte antworten können, daß er gedacht habe, Cinderella denke genau das, was sie gesagt habe und wolle genau das, was sie vorgegeben hatte zu wollen. Ich schwieg, weil es nicht klug war zu sprechen.

Dann dachte ich, daß es unrecht war, da ich über Cinderellas

Tod nichts erzählt hatte, über anderes zu sprechen, und gelobte mir, nie mehr ein Wort in den Mund zu nehmen. Aber wie das mit Verboten, ob selbst auferlegt oder von anderen, so ist: Plötzlich drängten sich mir immer und überall Worte auf. Plötzlich schien alles nur durch Worte Zusammenhang und Gestalt zu finden. Plötzlich schien alles erst Wirklichkeit zu werden, wenn ich es in Worte faßte. Als ob jedes andere Begreifen unmöglich geworden war. Alle Sinne, das Riechen, Tasten, Fühlen, Hören waren mit einem Mal auf eine Benennung der Dinge aus und nicht darauf, sie zu erfahren. Die Welt war nicht, wo sie nicht in Worten war, und in den Worten war sie erst recht nicht, aber je mehr ich sprach, je mehr ich meine Umgebung besprach, je weniger die Welt wirklich wurde, desto weniger schien sie mir abzugehen.

Gleichzeitig stellte sich ein Verstummen ein, aber das bemerkte ich erst später, viel später. Da hatte ich mich im Reden schon niedergelassen, in den täglichen, sinnlosen Worten, als könnte ich so das Stummwerden in meinem Inneren, meinen langsamen Wärmetod übertönen.

Ich hätte diesen Vorgang vielleicht noch aufhalten können, abbrechen, sein Fortschreiten verhindern – später, als ich die Kälte in mir doch endlich zu fühlen begann, als ich doch endlich spürte, wie sehr ich fror. Aber da hatte ich mich bereits abgefunden. Schließlich trieb ich den Prozeß dieses Verlustes sogar voran, in der Hoffnung, daß mich die Kälte endlich von allem Grauen und von meinem Ekel befreien könnte.

Zu spät sagte ich mir, daß sich Entsetzen nicht mildert, wenn man die Augen schließt und das Hinsehen verweigert. Es ist nicht möglich, sich totzustellen, solange man lebt, auch wenn manchen Menschen nachgesagt wird, sie hätten sich mit Erfolg totgestellt. Ich weiß, wovon ich spreche. Das verweigerte Hinsehen wird, ehe man sich versieht, zum Alptraum. Ich weiß, wovon ich rede, wenn ich behaupte, daß man Alpträumen in einer Weise ausgeliefert ist, wie das im Wachzustand nie möglich wäre, obwohl es mir damals gelungen ist, mein Widerstreben so sehr zu üben, daß ich dann und wann auch aus Alpträumen erwachte, und dieses Erwachen hatte sich jedesmal als Segen erwiesen, weil man wach wenigstens nicht auch noch einer körperlichen Lähmung ausgeliefert wird, sondern nur Bildern, denen man immerhin Bewegungen entgegenstellen kann, Bewegungen der Hände, der Zehen, der Beine, schließlich des ganzen Körpers, Verrenkungen, gymnastische Übungen oder sogar gedankliche Bewegungen, ein anderer Gedanke, ein anderes Bild, ich muß Kasten, Regale und Bücher nur lange genug betrachten, mich auf Holz, Farbe, Risse konzentrieren...

Allmählich hörte ich auf zu träumen. Daran habe ich mich lange Jahre gehalten. Erst Amirs Brief...

Erst Amirs Brief.

Ich beobachte Sisyphos, wie er den Stein auf den Berg wälzt, und verlache ihn.

Ich beobachte Sisyphos und beneide ihn. Er wird den Stein immer und immer wieder aus der Tiefe emporbringen.

Ein sanfterer Himmel, ein umwölkter, ein leerer. Die Vögel sind fort, die Fische. Später wird das Atmen nachfolgen.

Die Grenze ist die Welt, nicht ich.

Die begonnenen Abenteuer. Die lächerlichen Irrtümer, denen man auch dann nicht entkommt, wenn man sich das Gängelband der Hoffnung, die Utopie des Glaubens verweigert. Noch sage ich: Einen Freund zu gewinnen bedeutet, der Welt nach einer langen Kette von Vertreibungen ein Paradies abgerungen zu haben. Gegen alles Elend, gegen alle Trostlosigkeit. Noch sage ich: Ein Mensch hat, wenn er einem anderen gegenübertritt, nur seine Glaubwürdigkeit oder nichts, und das bedeutet nicht Eindeutigkeit, sondern etwas aus tiefster Seele zu meinen. Aber einen Schritt weiter in die Tage, wie sie bisher waren, und ich werde alles verleugnen: den Inhalt des Tonbandes, die Richtigkeit meiner Erinnerungen; daß ich jemals an etwas glauben wollte; daß es eine von der Lüge abgrenzbare Wahrheit gibt. Ich bin es müde, mich als den Fremden zu sehen, der, solange er lebt, nie ganz tot und nie ganz zu leben bereit sein kann; der nicht an Wunder glauben und nie ganz aufgeben wird, auf eine unmögliche Lösung zu hoffen. – Denn Cinderella bleibt tot.

Genug. Ich habe Ihnen über sie alles erzählt. Das eine oder andere gäbe es vielleicht noch zu sagen, aber das ist nicht wichtig. Ich meine, nicht wirklich wichtig. Sie ist tot, ich hätte ihren Selbstmord vielleicht verhindern können, ich habe es nicht getan. Ich bin bereit, das zuzugeben, das muß genügen. Über meine Gefühle gebe ich keine Auskunft. Es gibt keine wahren Erinnerungen.

Hören wir auf. Ich will keine Geschichten mehr erzählen, keine erfinden, es sei denn, um zu spielen. Ganz ohne jeden Ernst, falls mir das gelingt. Nichts sonst. Ich will nie mehr an einem Fenster stehen und hinunterschauen, nie mehr im Bett knien müssen, die Arme um den Kopf gelegt, und es nützt nichts, nichts. Abhärtung. Das ist es. Darum will ich mich redlich bemühen. Und um den Abstand, der Lächerlichkeit ohne Schmerz ertragen läßt.

Im Sommer ist es sehr heiß in der Stadt. Ich habe darüber nie gesprochen. Es ist schwer, im Winter an den Sommer zu denken. Die Glaskugel ist dann Brutstätte für eine Agonie, von der Sie sich keine Vorstellung machen, in der alles vertrocknet. Hier vertrocknet allmählich alles.

Die Luft steht still, und ich bin wie festgefroren, aber in meinem Kopf vibriert alles. – Der Maler der Küstenlandschaft hat wahrscheinlich Gummistiefel getragen und einen dicken Sweater. Wenn ich die Finger gekreuzt vor das Gesicht halte, sehe ich nur Ausschnitte der gegenüberliegenden Kugelwand, aber in meinem Kopf steht ein ganzes Bild. Das ist die Gewohnheit. – Eine nützliche Einrichtung, sagt mein Verstand. Mein Herz schlägt dabei wie verrückt. Wie von Ort und Bestimmungsort entfernt. Das ist ein Widerspruch.

Ich glaube nicht, daß ich einen dieser Widersprüche jemals lösen werde. Das einzige, das sich ihnen entziehen könnte, ist der Tod und was sich hinter ihn zurückgezogen hat. Für den Rest gilt: Ich lebe, egal wie. Möglicherweise wird die Verdammnis keine endgültige sein. Ich will das nicht einmal hoffen. Nun, da es nichts mehr zu gewinnen gilt, will ich zusehen, wie weit ich auf dem Weg komme, auf dem weder Verstand noch Gefühl ein Ziel kennen.

Vielleicht steht am Ende aller Geschichten der Tod, vielleicht ein neuer Anfang.

Das eine ist so furchtbar wie das andere.

Ich warne dich. Ich warne dich, zu mir zu kommen, hat Amir in seinem Brief geschrieben. Es ist ein großer Schmerz, allein zu leben, aber ein noch größerer, unter Menschen zu sein. Eine ermutigende Mitteilung, tatsächlich. Können Sie mir sagen, was das bedeuten soll? Und jetzt erinnern Sie mich? Sie haben ein unbestreitbares Talent, sich im unrechten Augenblick zu melden. Jetzt, wo ich schlafen, schlafen, nichts als weiterschlafen möchte, sprechen Sie mich an. Ich wäre fast gestorben, und das ist keine Übertreibung, aber Sie wollen mir die verdiente Erholung streitig machen. Es hätte mir nichts ausgemacht, tot zu sein, wenn es soweit gekommen wäre, aber ich lebe nun einmal. Damit muß ich mich ebenso abfinden wie Sie.

Das hätte übrigens eine schöne Komplikation ergeben. In dieser Kälte kann man eine Weile tot sein, ehe das jemandem auffallen muß. Der arme Kerl, der mich dann doch gefunden hätte, weil der Verwesungsgeruch eines Morgens oder an einem frühen oder späten Nachmittag nicht mehr zu ignorieren gewesen wäre. Pfui Teufel. Und dann der arme Kerl, der wochenlang nicht bemerkt hätte, daß er meine tägliche Essensration völlig nutzlos zur Schleusentüre hereingeschoben hat. Als ob wir uns Verschwendung leisten könnten. Die Stadtverwaltung würde ihm zur Strafe für so viel Unachtsamkeit seine Ausgangsbons entziehen und wahrscheinlich auch die Essensration kürzen. Schließlich muß er hereinbringen, was er sorglos verschwendet hat.

Nein, tot zu sein hätte mir nichts ausgemacht, und dabei bleibe ich auch jetzt, obwohl Sie behaupten, daß sich ein Teil des Tonbandes anders anhört. Da ging es um das Sterben, was als Zustand nicht gerade angenehm ist. Aber wenn man es hinter sich gebracht hat – was, warum und wie bedauern können? Möglicherweise bedauern die Leute auf dem Lande, daß ihnen die Zeit zu kurz wird, um alle Sommertage einzusammeln, die in den lichtglänzenden, sonnendurchglühten Ebenen aufbrechen; die Nächte, deren Erfahrungen nicht durch Ausgangssperren verhindert werden. Aber wir hier?

Na schön, so viel Panik für ein bißchen Sterben war in jeder Hinsicht unangebracht. Selbstverständlich spreche ich jetzt leichter, auch weniger verwirrt. Jetzt muß ich nicht mehr fürchten, etwas versäumt zu haben, das ich, hätte mein Leben länger gedauert, vielleicht doch noch entdeckt hätte, denn mein Leben dauert. Ich muß überhaupt nichts mehr fürchten.

Darum wollen wir das Tonband auch nicht allzu ernst nehmen. Es gibt für jeden Satz, den ich gesagt habe, eine andere Fortsetzung. Zumindest ist sie möglich. Das ist lediglich eine Sache der jeweiligen Stimmung und nur ganz selten eine der Entscheidungen. – Ich fürchte die Wahrheit. Ich fürchte sie nicht...

Nein, ich fürchte sie nicht mehr. Auch nicht die Zerstörung, die sie in den Bezirken der Abbruchhäuser vollzieht, in dem morschen Gemäuer, durch dessen Löcher Wind und Regen, kalter, senkrechter Regen dringt, denn es gibt auch Wind und Regen bei uns. Ich habe lange nicht mehr daran gedacht. Oder die Wahrheit, die als unstillbare Unruhe nichts zufrieden läßt, ehe nicht alles eingeebnet und festgetreten ist. Dann erst, aber dann sicher, brechen sie hervor – ich weiß nicht, wer – und versuchen neue Kathedralen entstehen zu lassen. Nicht hier – drüben, irgendwo anders.

Nichts. Nichts von alledem mehr. Es gibt kein Haus, in dem ich gewohnt habe oder wohnen werde. Das erspart mir die Furcht vor Unabänderlichem. Es wird mich finden oder verfehlen, je nachdem, es wird nicht mehr imstande sein, mich zu treffen. Schicksal ist weder Strafe noch Lohn. Unerträglich wird es erst, wenn man es mit Eifer vorantreibt. Aber in diesen Gefilden werden Sie mich nie mehr antreffen, zumindest hoffe ich das.

Ich werde mich statt dessen dorthin zurückziehen, wo nichts Farbe und nichts Gestalt hat, dorthin, wo das Bewußtsein um die Unsinnigkeit meines Daseins den Blickwinkel bestimmt. Kein Schmerz mehr. Nichts, das mich übersteigt. Ich bin ein Täter wie jeder andere, dem einzig offen bleibt, ein Geständnis abzulegen oder zu leugnen. Beides ohne Reue und ohne Bedauern.

Und nun kein Wort mehr über Amirs Brief. Den lassen Sie in Zukunft beiseite. Er hat genug Unruhe gestiftet. Ich will mich nie mehr von Hoffnungen gängeln lassen und von Erwartungen täuschen oder, wenn schon, dann von Erwartungen und Hoffnungen, die ich mir selber aussuche. Vielleicht werde ich mir in dieser Richtung noch etwas ausdenken, vielleicht nicht mehr. Aber ich glaube, daß ich besser bleibe, wo ich bin, auch wenn Sie mir vorhalten, daß ich unmittelbar nach dem Erwachen ganz anders geredet habe.

Da wollte ich sogar an Amir schreiben, warum und wieso mein langes Ausbleiben, womöglich mit Entschuldigung. Kommt nicht in Frage. Wir hätten uns ohne ihn eine Menge erspart. Sie Ihre Erfindung und ich mir den Mantel, ich weiß nicht, wie oft von dem rauhen Stoff, den tiefen Taschen, von diesem Mantel noch die Rede sein wird, der mich fast um den Verstand gebracht hat.

Das wäre nicht weiter schlimm gewesen. Ich meine, tatsächlich verrückt geworden zu sein, hätte eine unleugbare Bedeutung bringen können, aber die Geschichte geht nicht gut aus. Alle meine Geschichten gehen schlecht aus. Es hat daher nur ausgesehen, als könnte mich etwas um den Verstand bringen, als könnte ich angesichts dieser Welt so viel Anstand aufbringen, da ich sie nicht zu ändern vermag, auf ihr Elend wenigstens mit Verrücktheit zu antworten. Das hätte mich von meiner Mittäterschaft befreit. Das hätte mich freigesprochen, auch wenn ich nichts verändert hätte.

Wahnsinn als Antwort auf diese Welt – Cinderella hat das einmal gesagt – ist vielleicht die einzige mögliche Form von menschlichem Anstand. Man kann nur wegsehen, seinem Mitgefühl abschwören, sein Mit-sein-Wollen oder verrückt werden. Für einen Augenblick hat es auf dem Tonband so ausgesehen, als könnte mich tatsächlich etwas um den Verstand bringen. Was für eine Antwort. Es hat aber nicht. Und nun sitze ich hier mit Ihnen. Nutzlos. Alles völlig nutzlos.

Wir wollen, wenn wir schon sonst nichts zustande bringen, wenigstens ohne Beschönigung miteinander reden. Jetzt habe ich gegessen. Jetzt ist nicht nur mein Bauch voll, mein Hirn bekommt endlich auch etwas davon ab. Jetzt sagen Sie einmal ehrlich und geradeheraus, was Sie sich von einem Besuch bei Amir erwarten.

Er hat uns eingeladen, meinen Sie? Mich hat er. Sie konnte er nicht. Von Ihrer Existenz weiß er nichts. Ich bin also eingeladen – und? Muß ich gehen, will ich, muß ich wollen? – Das ist das eine. Zum anderen fürchte ich, daß die Einladung zu spät kommt. Ich bin nicht mehr der gleiche junge Bursche, den Amir gekannt hat, der durch Gänge schlich und manchmal lief, hinter geschlossenen Fenstern stand, ohne auch nur einen Blick für die Nacht; der glauben wollte, damit er leben darf, und gehofft hat, damit er überleben kann. – Eine großartige Verschwendung. – Der es noch nicht so satt hatte, an diesem Leben zu leiden, mit Vorwürfen, Anschuldigungen überhäuft zu werden, nur um am Ende dazustehen und zu sagen: Es hat sich nicht gelohnt. Es lohnt sich nicht.

Jetzt nehme ich die Einladung nicht mehr hin, um sie nur anzunehmen. Jetzt will ich wissen, wie es dazu gekommen ist. In dem ganzen Brief findet sich keine Begründung. Ich kann also nur Vermutungen anstellen. Wahrscheinlich mag Amir nicht allein sein. Vielleicht haben seine Augen nachgelassen, und er kann nicht mehr so viel wie früher lesen. Das ist es. Langeweile wird immer dann besonders unerfreulich, wenn es einem früher fast immer geglückt ist, mit ihr fertig zu werden.

Und ich? Das, was ich die ganze Zeit über befürchte, ist der Zusammenbruch meiner Glaskugel. Ich habe sie mir so nett eingerichtet. Alles griffbereit und gewohnt. Die Einrichtung steht seit Fünf Jahren dort, wo sie steht. Darauf kann ich mich verlassen. für Sie, wenn Sie aus meinem Kopf herausschauen, ist natürlich alles neu, was Sie sehen, und Sie glauben wahrscheinlich, daß man irgend etwas ändern kann. Ich sage Ihnen: Hier wird nichts verändert. Sie wissen, wie pedantisch ich sein kann. Hier finde ich mich als Blinder zurecht. Eine solche Ordnung gibt man nicht auf, wenn man sie einmal gewonnen hat. Für kein noch so verlockendes Angebot.

Sicher, ein eigenes Zimmer, Amirs Bücher, Landkarten, die Filme, die er besitzen soll, sein Wissen, der ganze weite Bogen seiner Erfahrungen – das wäre schon etwas. Aber der alte Herr scheint ziemlich anstrengend zu sein und Schrullen zu entwikkeln, wie auch sein Brief beweist. ›Ich warne Dich, zu mir zu kommen.‹ Was soll's? ›...es bedeutet einen noch größeren Schmerz, unter Menschen zu leben.‹ Mein Gott, dann soll er diese Begegnungen vermeiden. Und was sonst noch schmerzt – wir haben hervorragende Ärzte, zumindest wird das immer behauptet. Warum soll es nicht stimmen. Ich habe dieses ständige Die-Stadt-Schlechtmachen satt. Wer weiß schon genau, wie das mit den Erzählungen über das Land ist? Alles, was wir als Quelle besitzen, sind Styx' Verse. Ich bitte Sie, ein Dichter. Der darf sagen, was er will. Der muß sich weder an Tatsachen noch an irgendeine Form von Wahrheit halten.

Gut, Amir könnte sich noch als recht nützlich erweisen. Sein Angebot ist rührend, weil es so tut, als könnte man alte Zeiten zurückrufen, eine einmal gewesene Vertrautheit nach Jahren mir nichts, dir nichts hervorholen. Man greift nach dem Notgroschen im Sparschwein, und der Notgroschen ist ein Freund. Das ist naiv, und obwohl es für Naivität keine Entschuldigung gibt – allerdings auch keinen Ersatz, wie mir scheint –, empfinde ich diese Haltung rührend, berührend.

Vielleicht könnte ich meinerseits Amir nützlich sein, wie gesagt, ich glaube, daß er des Alleinseins überdrüssig geworden ist. Aber abgesehen davon, daß er eine ziemlich anstrengende Gesellschaft abgibt, wenn mich meine Erinnerungen nicht allesamt trügen, ist es nicht fair, mit Sack und Pack bei ihm aufzukreuzen und zu sagen: Da bin ich, auch wenn man tausendmal eingeladen worden ist. Der Mann erwartet sich doch etwas. Und mir scheint, er erwartet sich mehr, als sich mir nützlich erweisen zu können, zumindest hoffe ich das.

Denn das hieße, sich der Schamlosigkeit des Landes zu unterwerfen, das von uns verlangt, ganz ohne Verschwendung zu leben, sparsam mit Wünschen und Vorstellungen; beschränkt durch ein Ziel: leben, um zu überleben, streng ausgerichtet wie

Soldaten in der Wüste, im Eismeer, im Hagel von Geschossen und Granaten. – Auch diese Bilder habe ich gesehen und Bombenkrater, Geröll an der Talsohle, Steine, Schutt. – Ohne Güte und Licht. Das hieße, sich den Anmaßungen des Landes unterzuordnen, das uns allesamt Barbaren nennt, die von der Welt niemals etwas anderes begreifen werden als die Benützbarkeit von Gegenständen und Menschen; das uns abspricht, eine aufgehende Sonne erkennen zu können, und unsere bestätigte Identität als Existenzberechtigungsnachweis verlangt.

Nicht mit mir. Nicht mehr. Es gibt uns, weil es uns gibt. Das ist weder gut noch schlecht. Es entspringt einer Kette von Zufällen, die nicht rechtzeitig durchbrochen worden ist, aber nun sind wir. Und wir sind nicht, um wie Hunde zu leben, dem Herrn treu, der uns peinigt, auch wenn wir den Augenblick, in dem wir begonnen haben, die Augen aufzureißen, als Verhängnis bezeichnen werden. Besiegte, noch ehe wir geboren wurden, die nur manchmal das Maß der Niederlage bestimmen.

Zum Glück weiß ich nicht, was ich von den Erinnerungen halten soll, die mein Kopf von Zeit zu Zeit freigibt. – Eisbergspitzen vermutlich.

Da ist dann noch die Stunde Null, ich denke, wir sollten sie beiseite lassen. Der Hinweis auf diesen fatalen Zeitpunkt sollte mich nie mehr aus der Fassung bringen dürfen. Wir leben jetzt. Keine Diskussion, wann, wodurch – oder ob sie überhaupt stattgefunden hat. Selbstverständlich sind wir Verursacher von allem, aber wir sind auch Beklagte, die niemand beklagen wird.

Es ist finster hier. Ich weiß, daß es draußen ebenso finster ist, aber die Nacht hier herinnen ist eine andere. Sie ist nicht die Nacht der Sterne, von denen ich annehmen muß, daß sie wirklich sind, denn ihr Licht zittert. Es ist mein Dunkel, das ich sehe. Sie merken, daß mir die Hungerkur gutgetan hat. So etwas reinigt von allen Schlacken. Nicht, daß mir Schnörkel grundsätzlich zuwider wären, aber das Tonband beweist, daß Sie die Umwege, die Sie mich führten, nur dazu benützt haben, mich immer wieder auf einen geraden und sehr farblosen Weg zurückzuführen, den Sie allein kennen wollen. Vergessen Sie nicht, daß es mein Zimmer ist, in dem ich mich auch blind zurechtfinde. Ich will mich nicht mehr quälen lassen. Selbstverständlich sind wir nicht bloß Gläubiger, sondern auch Gläubige in einer Stadt ohne Kathedralen und ohne Gott. Sprachlos, ohne Zweifel. Allerdings, was sollte mich daran hindern, von allem das Gegenteil zu glauben. Zum Beispiel das Gerede von der Stunde Null – so pausenlos es auf uns eingetrommelt hat, so unbewiesen ist es geblieben. Vielleicht ist es Erfindung, warum nicht? Sie erinnern sich des Bildes vom Scheiterhaufen? So etwas kann man doch stellen. Ich sage Ihnen, man kann. Gehört gar nicht viel dazu. Sauberes Handwerk genügt, und wir lassen uns um unser Leben prellen.

Natürlich muß man erst auf die Idee kommen, das zu machen, aber Propaganda haben wir genug erlebt, das kennen wir bis zum Überdruß, wir wissen doch, wie so etwas läuft. Solange uns die Behörden einreden können, daß sie nur vor einer höheren Macht oder einer noch größeren Bosheit kapitulieren, werden wir sie nicht als unfähig abzusetzen versuchen, sondern für fähig halten und zufrieden sein. Wohltemperiert. Und glücklich über unsere eigenen Todesarten.

Übrigens, das Bild meines Vaters schenke ich Ihnen. Ich brauche es nicht mehr. Ein Vater ist jemand, der da ist, wenn man ihn nötig hat, der vor der Dunkelheit und dem Tod steht, wenn man sich davor ängstigt. Er ist jemand, der nicht verläßt, ehe man nicht imstande ist, ohne seine Kraft auszukommen. Jetzt ist es zu spät. In meinem Leben ist kein Platz mehr für den Zwiespalt der Väter, der aufklafft zwischen dem eisigen Vater, den mir die Stadt zeichnet, und dem warmherzigen, den ich mir nie vorstellen konnte. Nie. Keine Verwandtschaft hat auch sein Gutes. Niemand, der für einen haftet, na ja, aber auch niemand, für den man haften muß, und das sollte einige Unannehmlichkeiten aufwiegen. Vor allem bedeutet keine Verwandtschaft, daß Sie mich nicht weiter erpressen können. Ich habe nicht vor, mich weiter, weder von Ihnen noch von irgend jemand anderem, erpressen zu lassen. Weder durch vorhandene noch durch fehlende Erinnerungen. Lücken stören mich nicht mehr. Die Befriedigung unserer Bedürfnisse wird so und so garantiert. – Oder sie ist unerfüllbar. Das hängt davon ab, wovon Sie sprechen wollen. Ob Sie den Hunger meinen, den wir aus der Welt schaffen, indem wir uns den Bauch vollschlagen, oder den anderen, für den uns jedes Wort fehlt; der unsere Hoffnungen entzündet und unsere furchtbaren Träume weckt. – Ein sanfterer Morgen, nicht mehr nur der alte Schrei, der in uns widerhallt, daß wir DA sind, in dieser Dunkelheit, in diesem Lärm. – Aber wir wissen nicht genug über uns, um zu begreifen, was geschehen müßte...

Als Abwesender leben, nie gegenwärtig, das ist es. Untertauchen im Schlamm, im Nebel, der den Boden der Stadt bedeckt. Ohne Fragen nach unserem Grund und unseren Tiefen. Und alles wird geschehen, damit nichts mehr ist. Aber wir wollen träumen. Wir wissen nicht, für wie lange. Eine Zeitlang. Zuerst, bevor wir geboren werden, auf unserer Reise durch Äonen von Verknüpfungen, als Ungeborene. Später wohl auch noch. Ich meine, wir träumen auch später noch, aber nicht mehr allzu lange, glücklicherweise.

Und wir sehnen uns, obwohl wir bald zu ahnen beginnen, daß uns nur eine Kette von Abstürzen erwartet. Trotzdem sehnen wir uns. Wir wissen nicht, wonach, und das beunruhigt. Es beunruhigt auch die Stadt. Die Zeichenpläne und ihre Lageskizzen, die verstrickten, komplizierten Schaltnetze, an denen wir wie an Sauerstoffflaschen hängen – nichts ist dafür zuständig. Die Computerkarten enthalten keine zutreffende Eintragung. Nichts enthält eine befreiende Antwort. Also zeigt man uns Bilder, erzählt von Spaziergängen an Sonntagen, in Feiertagskleidern, in einem Land, das nicht das unsere ist, und schon hängen wir an der Angel. Voll unfähigen Staunens stehen wir da und begreifen nichts, aber wir beginnen das Unmögliche zu wünschen. Es ist nicht mehr der Suppennapf, der uns lockt, ein zusätzlicher Ausgangstag ringt uns keinen Seufzer ab. Nichts kann genügen. Und trotzdem – obwohl nichts genügen kann, werden wir für nötig halten, was immer man uns anbietet. Die Hände greifen zu, die ganze Überheblichkeit zupackender Hände, die Augen saugen sich fest, verschlingen und hoffen die Leere hinter einer Fassade von Dingen zu verbergen. Noch wissen wir nichts von der Leere – bis eines Tages der Ekel die Dinge beseitigt und wir vor ihr stehen. Dann darf alles von vorne beginnen. Denn da ist die alte Sehnsucht und das alte Unwissen. Nur die Träume sind auf der Strecke geblieben.

Das ist der Augenblick, in dem uns die Stadt erwachsen nennt und unsere Versorgung garantiert.

Sie haben recht, ich bin über das klaglose Versorgtwerden froh. Nur an manchen Tagen möchte ich etwas Furchtbares tun. Erschrecken verbreiten zum Beispiel, oder die Glaskugel zwischen meinen Händen so lange zusammendrücken, bis sie birst, in Scherben zerfällt, erst dann könnte mir leichter werden.

Vielleicht.

Nicht einmal das ist sicher.

Eine große Irritation.

Meist erschrak ich vor dem Gedanken einer von mir verursachten Störung so sehr, daß ich meine Bestrafung erwartete, noch ehe ich ein Delikt vorweisen konnte. Dann legte ich mich ausgestreckt auf den Boden, das Gesicht zur Seite gedreht, flachgepreßt, und wünschte, die Stille unseres Gehorsams möge sich über mich breiten. Als eine Art Tarnkappe. Oder die Unbeweglichkeit der Dinge, die sich nicht regen werden, hängt es nur von ihnen ab, würde auf mich übergreifen; ergriffen von ihr, könnte ich mich dem Schweigen der Dinge anschließen, ihrer stillen Duldsamkeit, ihrer Genügsamkeit, die keine Fragen aufwirft, und die Nötigung zu leben hätte endlich ein Ende.

Statt dessen sprang ich regelmäßig nach einer Weile atemlosen Schweigens auf – und schon hatte mich alles wieder, nicht ich hatte es –, bereit, mich irritieren und einschüchtern zu lassen: von der Stadt als Ganzem, und das ständig, von der Langeweile, von Erinnerungen, vom Vergessen, von Schuldgefühlen. Vor allem von Schuldgefühlen.

Ich entsinne mich eines Lehrausganges während meiner Schulzeit. Damals war die Stadt noch nicht so verlärmt und auch noch nicht so überfüllt. Es genügten Lärmschutzkappen um die Ohren, dann konnte man es eine Zeitlang auf den Straßen ganz gut aushalten. Wir betraten die Straße und marschierten in den innersten Kreis, für deren Betreten wir durch eine Dispens Passierscheine erhalten hatten. Vor einer alten Kirche machten wir halt. Der Kunstgeschichteprofessor fragte uns schreiend, was wir von dem Bau hielten.

Gotik, schrie ich zurück, so hat man früher gebaut.

Er nickte und wies auf die Risse in dem alten Gemäuer. Wir seien eine der letzten Klassen, die das zu sehen bekämen, sagte er. Und plötzlich fühlte ich mich schuldig. Das Gefühl beunruhigte mich. Es war absurd. Ein paar alte Steine, zugegeben ästhetisch nahezu vollkommen übereinandergetürmt – na und?

Ich blickte zu Cinderella hin und suchte in ihrem Gesicht nach einer Übereinstimmung mit meinen Empfindungen, weil ich sie dann dem Ort hätte in die Schuhe schieben können. Das hätte mir Erleichterung verschafft. Aber Cinderella stand da und bemerkte nicht einmal, sie sah gar nicht, daß ich zu ihr hinblickte, sie spürte mich nicht in meiner Not, in Not fühlte ich mich in diesem Augenblick, plötzlich herausgerissen aus allem, was mich beschützt hatte. Nicht einmal der Lärm drang zu mir als wohltuende Störung, nichts. Ich war unendlich allein mit meiner Bedrängnis, während Cinderella einfach dastand und schaute und sonst nichts wahrnahm, wie mir schien, allein war, auch sie war allein, aber nicht so verlassen. Sie war vollkommen versunken in den Anblick der Kathedrale und schien dabei glücklich zu sein, restlos geborgen.

Als uns der Führer anschrie, wir möchten weitergehen, hätten wir sie beinahe verloren. Während wir uns fortbewegten, blieb sie einfach stehen und glitt aus uns heraus. Ich lief zurück, faßte sie an der Hand und zerrte sie hinter mir her. Was gibt es denn da zu sehen, brüllte ich, wiewohl ich nicht bloß ahnte, was es zu sehen gab, sondern es durchaus hätte wissen können, wenn ich gewollt hätte.

Sie fuhr erschrocken auf. Wir müssen fort, schrie ich weiter, und das hätte ich auch dann gebrüllt, wenn ein Flüstern genügt hätte. Ich war ihr böse, weil sie meine Gefühle nicht teilte und auch kein Bedürfnis zeigte, diesen Ort meiner Niederlage und Bedrängnis zu verlassen.

Das Gefühl meiner Schuld begleitete mich nach Hause und verfolgte mich in den Tagen danach. Zuerst versuchte ich zu klären, was ich getan haben mochte, daß es mich bedrängte und irritierte. Ich dachte vor allem, daß die Empfindung nichts mit dem Anblick der Kathedrale zu tun hatte, glaubte bald, redete mir ein, daß der Ort, der Zeitpunkt Zufall gewesen waren. Es gibt ein Erinnern, das nicht vollständig an die Oberfläche dringt. So etwas kannte ich von mir. Irgend etwas stimmt nicht, aber was, läßt sich zuerst nicht sagen. Ich durchforstete also meinen Prüfungsterminkalender und sah meine Hausaufgaben durch, auf der Suche nach einem Vergessen-Haben, nach einem Ungenügen. Ich überprüfte meine Beziehungen zu den übrigen Klassenkollegen, fragte nach Kränkungen, Versäumnissen, entschuldigte mich bei einem Burschen, weil ich vergessen hatte, so, wie es ausgemacht gewesen war, nach der Turnstunde auf ihn zu warten, entschuldigte mich bei einem anderen, weil ich ihn in Schwierigkeiten allein gelassen hatte. Ich war ein guter, zeitweise ein ausgezeichneter Schüler, und vor Prüfungen war meine Hilfe gesucht. Ich fragte so lange herum, bis man hinter meinem Rücken zu tuscheln begann. Da suchte ich Amir auf.

Das beschäftigt dich, fragte er überrascht. Dann bat er mich nach einer längeren Pause, ich möge ihn auf einem Rundgang durchs Schulhaus begleiten. Seine Nähe war mir immer angenehm gewesen. – Nicht an diesem Nachmittag, an dem ich spürte, daß er ratlos war wie ich. Ich wartete auf ein Wort, auf eine Erklärung, in der Annahme, daß sie Klärung bedeuten würde. Aber Amir schwieg. Was hätte er auch sagen können? Daß er meine Suche teilte, womöglich meinen aufkeimenden Ekel? Oder: Endlich? Seine Nähe umfing mich mit dem gleichen Schweigen, vor dem ich auf der Flucht war. Die Stille des Hauses, die Bewegungslosigkeit der Wände, die scheinbare Endlosigkeit der Stufen von Stockwerk zu Stockwerk, alles *war*. Und es war wie immer. So trennten wir uns zwischen erstem und zweitem Stock.

Nach ein paar Tagen übergab mich der Direktor dem Schularzt. Der stellte Fragen über Fragen und erwartete trotz meiner Beteuerungen, daß es nichts zu erzählen gäbe, eine Sturzflut von Worten und Sätzen, von Bekenntnissen und Problemen. Da begriff ich die ganze Absurdität meiner Suche. Man erwartet von Schuldgefühlen im allgemeinen, daß sie in einer gewaltigen Abnormität wurzeln, in einer deutlichen Besonderheit, einem Verbrechen oder wenigstens einem offenkundigen Versäumnis.

Ich lag auf dem Bett, als ich endlich begriff, und starrte auf die Zimmerdecke des winzigen Raumes, der mir zugeteilt worden war. Die Schüler der letzten zwei Klassen durften auf Verlangen allein wohnen, und ich wohnte allein. Ich starrte auf die Mondkarte, die dem Bett gegenüber an der Wand hing. Meer des... Über dem Stuhl lagen ordentlich gefaltet meine Kleider. Meine Bücher, Rücken an Rücken, der Größe nach geordnet, nach Fachgebieten geordnet, eingebunden, beschriftet. An der Wand neben der Türe Bilder aus Zeitschriften, auf Holzplatten feinsäuberlich aufgezogen. Jedes von ihnen hatte mich ein paar Ausgangstage gekostet. Ihretwegen war ich von meinen Freunden des öfteren verspottet worden.

Während ich daran dachte, fragte ich mich, ob ich überhaupt Freunde hatte, und verneinte die Frage mit einer gewissen Befriedigung, denn auch Freunde haben zu wollen, erschien mir nun absurd; die Versuche, Kontakte anzubahnen, Beziehungen aufzubauen, eine gewisse Vertrautheit herzustellen, Verständnis zu gewinnen, zu zeigen. Ich kam mir im nachhinein für meine Bemühungen lächerlich vor wie einer, der Gespräche mit der Zimmerwand führt und Antwort erwartet.

Nicht nur diese Lächerlichkeit peinigte mich, sondern auch die, der ich mich durch meinen pedantischen Ordnungssinn ausgesetzt hatte. Ich wischte jeden Tag Staub, obwohl dafür Bedienerinnen angestellt waren, aber die machten nur einmal die Woche gründlich, und das war mir zuwenig. Ich spitzte meine Bleistifte nach jeder Benützung, feilte die Spitzen scharf, legte sie in einer bestimmten Reihenfolge vor mir auf den Schreibtisch. Ich verlor nie etwas. Bei mir ging nie etwas kaputt. Alles hatte eine Funktion und behielt sie – vorgeschrieben und festgelegt – bis zuletzt. An dieser Ordnung hielt ich mich fest wie an Krücken, das weiß ich wohl, Krücken, die mir das Leben erträglich machen sollten, von der Vorstellung nicht bloß geleitet, sondern geradezu besessen, daß die Ordnung garantierte, daß auch alles in Ordnung war.

An diesem Abend, ich erinnere mich genau, sprang ich vom Bett auf, riß die Bilder von der Wand, brach die Spitzen meiner Bleistifte ab, stürzte das Bücherregal um. Cinderella, die gekommen war, um Prüfungsfragen zu besprechen, schüttelte mich so lange, bis mir die Luft ausging. Dann drückte sie mich auf einen Sessel und fing an, die Unordnung in meinem Zimmer wortlos aufzuräumen. Ich sah ihr zu, bis ich nicht mehr ruhig bleiben konnte.

Ich habe auch noch schmutzige Schuhe, schrie ich. Du weißt, wir dürfen keinen Schmutz machen.

Ja, antwortete sie und griff nach meinen Schuhen.

Ihr Gesicht sah bekümmert aus, und ich hätte fragen sollen, was mit ihr los war, aber ich wollte ihr weh tun an diesem Abend, so weh, wie mir getan worden war durch das jähe Begreifen meiner Lächerlichkeit. Ich nahm ihr die Schuhe aus der Hand und schleuderte sie unter das Bett zurück. Das hat doch keinen Sinn, sagte ich, das hat doch alles keinen Sinn. Wir bleiben schuldig, was immer du tust. Ob so oder so, wir sind schuldig, das ist alles, was man über uns sagen kann.

Fragen Sie mich nicht, was ich danach getan habe. Eine begreifliche Weigerung meines Kopfes hindert mich, Ihrer Aufforderung nachzukommen. Ich weiß nicht, wie der Abend weiterging. Cinderella verließ das Zimmer, ob gleich oder später, ist mir nicht bekannt. Eine Weile roch ich noch ihren Duft. Dann begann ich zu schwitzen, und mein eigener Geruch überdeckte den ihren. Der Abend war leer, unendlich leer, und ich sonnte mich in dieser Leere. Nun, da ich endlich ausgesprochen hatte, was ich all die Zeit über nicht wahrhaben wollte, hörte es auf, mich zu bedrükken und zu beschäftigen. Ich legte mich aufs Bett zurück, ließ das Zimmer, wie es war – halb verwüstet, halb aufgeräumt –, und wiederholte fast glücklich: Wir sind alle schuldig. Es geht nicht um die Frage wodurch.

Ich sage Ihnen doch zum wiederholten Mal, daß mein Zimmer hier, die Einrichtung der Glaskugel nichts mit dem Zimmer im Wohntrakt der Schule gemein hat. Damals wohnte ich in vier Wänden, während hier alles auf einen Kreis hinausläuft. Außerdem habe ich hier kein Fenster. Die Unordnung hier und die von damals hat eine Ähnlichkeit vorgetäuscht, wie es auch die Gegenstände tun, die hier wie dort die gleichen sind. Das kommt von den gleichgebliebenen Gewohnheiten und Bedürfnissen, die ich mir noch immer nicht abgewöhnt habe. Ein Mensch will schlafen, an einem Tisch sitzen. In einem Winkel baut er Bücher auf, in einem anderen schreibt er Briefe, irgendwo schichtet oder versteckt er seinen Besitz. Das bedeutet: Tisch, Kasten, Bett, Schreibtisch, Bücherregale. Aber ich habe hier keine Bücher, dafür einen Spiegel.

Gut, ich höre das Tonband nochmals ab, wenn Sie unbedingt wollen. Ich bin nicht so. Sie werden selbst sehen, daß die Zusammenhänge, die Sie suchen, nicht existieren. Ich bin nicht mehr der Junge von damals. Mich tröstet nicht mehr, daß uns alle eine gleiche, einzigartige Bedeutungslosigkeit betrifft, und es erregt mich nicht mehr. Wenn ich mich nun mit Ihnen unterhalte, weiß ich, daß es keine Schönheit und keine Unruhe mehr geben wird. Ich bin nicht unzufrieden, aber von Zufriedenheit kann ebensowenig die Rede sein. Ich will Sie nicht mehr abschaffen, ich nehme Sie hin. Wie ein genesener Pockenkranker die Narben nach den abgeheilten Geschwüren. Es ist sogar beruhigend, von Ihnen zu sprechen, aber nicht so beruhigend, daß ich mir alle Vorsichtsmaßnahmen ersparen dürfte. Die Vorstellung, daß Sie schweigen werden, berührt mich in der gleichen Weise wie die, daß Sie sprechen könnten. Es tut mir nichts mehr, und das verdanke ich Ihnen. Ich bin nicht unbedingt ruhig geworden, aber bereit, die Gleichgültigkeit derer, die mich erschaffen haben, ohne Vorwurf in mich aufzunehmen. Und diese Gleichgültigkeit werde ich Ihnen entgegenhalten, falls Sie jemals wieder Antwort von mir auf das Elend der Welt verlangen sollten.

Nun habe ich es auch nicht mehr nötig, so zu tun als ob, das heißt, ich kann es mir schon wieder leisten, und das macht mich neugierig auf mich ohne vorgetäuschte Leidenschaft. Im Grund könnte ich ebenso meinen Selbstmord vorbereiten, wie mein Leben neu zu ordnen. Es bedeutet die gleiche Entscheidung. Ich werde im Bett liegen und Milch trinken. Ich weiß auch diesmal nicht, wohin ich gehen werde. Das Zimmer ist nicht das Zimmer von damals, und ich bin tatsächlich nicht mehr der gleiche junge Bursche. Aber ich will mir redlich Mühe geben, den Jungen von damals zu verstehen. Ich glaube, daß er heute mehr denn je meines Verständnisses bedarf.

Dieses Trommeln auf meinen Ohren. Schon wieder. Die Kältewelle muß abgeflaut sein. Trommeln. Mich wundert, daß die Trommelfelle noch nicht geplatzt sind. Häute von Tieren hat man uns anscheinend eingespannt: dick, borstig, schwartig, und Sie lassen sich nichts Gescheiteres einfallen als diesen billigen Triumph: Ha, die Ordnung ist hin. Der Kopf vibriert. Ich befürchte tatsächlich, daß er unter den Schallwellen eines Tages erstarren wird und sich nicht mehr auftauen läßt. Ein Kopf, in dem die Augen festgefroren und die Gedanken eingemauert sind. Nichts berührt. Was bleibt, ist nur noch die Wahrnehmung des Erstarrens. Eine Idiotie bei ansonsten intaktem Verstand, das ist gemein. Und Sie haben natürlich Ihre Chance erkannt. Sie drohen mit Ihrer Verschwiegenheit. Wenn die Langeweile zu leben mächtig genug geworden ist, wenn sie angeschwollen sein wird wie die Maden auf den Bäuchen der Kinderkadaver, deren Bilder ich auch im Keller fand, dann, meinen Sie, werde ich schon noch zu Kreuz kriechen.

Jetzt, wo ich endlich wieder spielen lerne, wollen Sie mein Spiel verderben. Wenn ich lange genug darauf warten muß, daß wenigstens irgend etwas passiert, wenn schon nichts Bestimmtes, wird es Ihnen schon noch gelingen, die satte Ruhe meiner Gleichgültigkeit zu durchbrechen, meinen Sie. Ich frage mich, was Sie sich davon versprechen. Ich werde mich nicht umbringen, weil das eine Art Enthusiasmus für das Leben voraussetzt. Auch Verzweiflung ist nur eine Form von Begeisterung, die ich nun einmal nicht mehr aufzubringen bereit bin. Rechnen Sie also nicht damit. Auch Amirs Brief wird Ihnen nicht helfen. Ich habe ihn nicht vergessen, und wenn es Ihnen Spaß macht, dürfen Sie mich ruhig an ihn erinnern, aber erwarten Sie nichts davon. Um Feuer zu legen, benötigt man Zunder.

Wir wollen lieber abwarten. Inzwischen schweiße ich meine Identitätskarte an die linke Brusthälfte des neuen Mantels und probiere ihn. Er ist mir viel zu groß. Im Bett hat das nichts ausgemacht, aber bei Tageslicht sieht das doch schlecht aus, wahrscheinlich habe ich in den letzten Tagen alles an Gewicht verloren, was ich zu verlieren hatte. So schmal, wie ich mir nun entgegenblicke, passe ich allerdings gut zu mir. Es hat mir nie besonders gestanden, gewichtig aufzutreten. Abgesehen davon, daß ich ein Findelkind bin, hat es nie zu meinem Charakter gepaßt. Sie erinnern sich, wie sehr ich immer darauf bedacht gewesen bin, zu schweigen. Das ist vernünftig. Das ist unüberbietbar vernünftig, vor allem, wenn man keine Veranlassung hat, auf sich aufmerksam zu machen. Es wäre doch absurd, verursachte ich mit meiner Existenz noch Lärm.

Ich schweiße also meine Identitätskarte an den Mantel und richte alles so, als hätte ich tatsächlich vor, auszugehen. Das ist selbstverständlich Spiel, Spiel, das ich jederzeit abbrechen kann und durch anderes ersetzen. Nun kann ich wieder spielen. Drachen, Ungeheuer, Elfen und Feen werde ich erfinden, mein Spiel mit den Ingredienzien aller großen Spiele würzen: Verzweiflung und Trauer, Verrat, Tücke und Erlösung. Wir wollen für meine Figuren Platz machen, sie sollen sich bewegen können.

Aufräumen. Bücken. Aufrichten. Dazwischen mit der Hand das Kreuz abstützen, den Blick weit werden lassen und so tun, als könnte ich eine unendliche Weite überblicken. Ich brauche dazu das Land nicht. Ich richte meine Augen so ein, als erblickte ich erst hinter der Wand der Glaskugel, was mich interessiert. Brennpunktverschiebung. Das Bild, das sich dann auf der Netzhaut abbildet, ist unscharf. Das habe ich früher trainiert. Es geht ganz gut, wenn man die nötige Übung hat.

Ich fühle Ihr hinterhältiges Grinsen in meinem Kopf. Sie meinen, das wird Ihnen Gelegenheit geben, mir Amirs Brief in die Hand zu drücken, in einem unbewachten Augenblick, wenn ich abwesend bin, darauf konzentriert, nichts wiederzuerkennen. Und plötzlich taucht trotz aller Versuche, ein Fremder in einer fremden Welt zu bleiben, etwas Bekanntes ins Blickfeld.

Das reizt. Und schon bin ich wieder – oder zum ersten Mal – der Abenteurer, der die Segel hißt, den Kompaß hinter dem Haus vergräbt, in der Nähe des Brunnens, der Tränke für die braunen Pferde – das Bild kennen Sie doch. Der Abenteurer, der das Ankerseil kappt. Und hinaus, hinaus.

Und dann rechnen Sie damit, daß Aufräumen eine Art Bilanzziehen ist, eine Art Inventur, nicht bloß ein Schichten und Schlichten, was es, wenn es nach mir geht, bleiben wird. Aber ich muß mit Ihnen rechnen. Ich vergesse schon nicht. Ich denke, ich rechne ständig mit Ihnen. Ich weiß, Sie werden sich redliche Mühe geben, mich davon abzubringen, die Bücher an den alten Platz zu stellen und sonst nichts zu tun. Ich warne Sie. Wenn es Ihnen jemals wieder gelingen sollte, meine alte Begeisterungsfähigkeit zu wecken, werde ich Sie mit mir vernichten.

Außerdem sollte man mit dem Bilanzziehen ganz bis zum Schluß warten. Vielleicht kann man sich ein paar Floskeln zurechtlegen, damit es dann schneller geht. Es gibt keine Garantie, daß ganz zum Schluß die vorgesehene und nötige Zeitspanne zur Verfügung stehen wird. Dann muß man rasch handeln können, vorbereitet sein. Was halten Sie davon: Es war nicht der Mühe wert. Oder: Alles umsonst. Oder: Es verlief so unerwartet, wie ich es erwartet hatte. Oder mit einer Frage aufhören: Das war alles? Natürlich wird es alles gewesen sein. Insofern ist die Frage dumm. Aber warum sollte ein Mensch am Ende seine Lebens klüger sein als all die Jahre zuvor? Ich plädiere allerdings für einen ganz anderen Schluß: Ein schöner Tod, und ich war nur der Vermittler. Jetzt bin ich endgültig verloren.

Ah, ich weiß schon. Widersprechen Sie nicht, ich weiß, Sie

möchten alle Lichter auf einmal aufdrehen. Ihre ganze Existenz ist auf nichts anderes ausgerichtet als auf verheerende Klarheit. Ich soll mir die Dämmerung eines zu spät gekommenen Tages vorstellen und denken, wir bestiegen weiße Schiffe und segelten mit ihnen davon. Ich soll meine Seele an den Mast binden, damit Sie die Genugtuung erhalten, daß Sie es waren, der mich das Schweben im freien Raum gelehrt hat. Sie wollen, daß ich auf Fischfang ausgehe, obwohl wir beide wissen, daß die Netze brüchig sind, und die Fische immer nur entkommen können. Die Trauer über die Vergangenheit soll mich der Gegenwart in die Fänge treiben und für eine Zukunft aufbereiten, die Sie bestimmen.

Ich werde nichts von allem tun. Ich werde statt dessen spielen oder schlafen, in meiner Zeiteinteilung ist viel Platz für Schlaf. Wir wollen später, wenn es dunkel geworden ist, gemeinsam Nachtwache halten und behaupten, der Stadt einen unschätzbaren Dienst erwiesen zu haben. Feuer erfinden und dann Alarm schlagen. Ich habe es satt, mit dem Ernst weiterzuleben, der hinter allem eine Wahrheit vermutet und nicht nur das: eine totale Wahrheit. Eine Feuersbrunst in der Stadt. Ich bin sicher, daß sie keinen Schaden anzurichten vermag. Sie würde sich nicht einmal ausbreiten können. Was immer sich hier verbreiten möchte, der Lärm erstickt es. Er schlägt alles zurück: Worte in den Kehlkopf, Wasser in die Hydranten, uns in uns selbst. Dort preßt er uns zusammen.

Sie werden nie zum Zug kommen. Zumindest nicht so heftig, wie Sie es wünschen, oder vielleicht nicht einmal wünschen, sondern für nötig erachten. Dabei überrascht mich Ihre Begeisterungsfähigkeit für mich. Oder ist das nur ein Trick? Es schmeichelt der Eitelkeit. Es schmeichelt auch Ihrer Eitelkeit. Für Sie ist das wahrscheinlich sogar eine Existenzfrage. Je wichtiger Sie mich nehmen, desto bedeutender werden Sie.

Das machen Sie recht geschickt. Während ich von meinen zukünftigen Spielen spreche, gelingt es Ihnen immerhin, daß ich Sie ernst nehme. Gut. Ich habe Sie verursacht. Fast hätte ich gesagt:

Sie sind meine Schuld. Aber darum geht es nicht. Es geht nicht um Schuld und nicht um die Frage nach den Ursachen. Wir beide kennen die Antwort längst. Es entspringt alles letzten Endes dem fatalen Wunsch zu überleben, und auch noch das Überleben zu sichern: durch Kontinuität; durch Reproduktion; durch ungebrochene Fortsetzung, wie immer sie sich vollziehen läßt, woher immer sie stammt, ob Kontinuität des Grauens, des Leidens, des Sehens, des Blindwerdens, wenn nur fortgesetzt wird. Wenn nur die Kette, in die wir eingebunden sind, nicht abreißt. Solange wir leben, ist es nicht zu spät. Ich möchte dem entgegenhalten: In dem Augenblick, in dem wir geboren werden, ist alles verloren. Solange es uns gibt, kann nichts mehr gewonnen werden. Es gibt keine Erlösung. Es gibt nur das eine: Anstreben, gar nicht erst geboren zu werden. Oder wenn schon Geburt, dann eine ohne Leidenschaft. Das ist es auch, was ich an meinen Erinnerungen verwünsche: daß ich sie nicht ruhig erworben habe.

Die Schleusen zumauern, die Frischluftzufuhr absperren, wie dramatisch. Ich weiß eine einzige Entschuldigung dafür: Ich habe im Hungerdelirium gesprochen. Wir können ebenso die Frischluftzufuhr garantieren, und es ändert sich nichts. Wozu uns vorgreifen. Wir werden an uns ersticken, und ich werde dabei ein bißchen jammern. An dem einen Tag mehr, an einem anderen weniger. Wahrscheinlich wird es davon abhängen, ob diese organisierteste aller Welten, allen Planungen zum Trotz, doch wieder eine Panne erlebt und für ein paar Tage niemand an meiner Schleusentür steht, um mir die Milch zu bringen. Oder was immer. Das ist doch nicht so wichtig. Da stimmen wahrscheinlich sogar Sie zu.

Was immer geschehen ist, ich wurde mit der gleichen Berechtigung betroffen, mit der ich hätte verschont werden können. Es zählt nicht wirklich. Es verändert nichts. Nicht ein einziges Aufleuchten werden wir behalten. Keinen Regenmorgen. Kein Möwenflug wird sich in unseren Pupillen so abzeichnen, wie er war. Wie er *wahr* war. Es gibt kein Mitgefühl, das auch nur einen einzigen Augenblick der Trauer einzuschließen vermöchte. Und daher plädiere ich noch immer für abschaffen, zusperren, einmauern, wenn das nicht gerade jene Leidenschaft verlangte, die ich gar nicht mehr aufbringen will.

Statt dessen werde ich nun Gerechtigkeit üben, wenn mir der Sinn danach steht. Kein Zorn mehr. Keine Schreie. So wird Gerechtigkeit schon wieder möglich. Das ist kein Versprechen. Sie werden mich nicht zu irgendwelchen Zusagen verleiten. Ich sagte, falls mir der Sinn danach steht. Ich werde die Falle nicht zuschnappen lassen, in der Sie mein Spiel an die Kette legen wollen. – Schön. Sie wollen meine Antworten trotzdem. Sie wollen sie, falls ich zu einer finde, niedergeschrieben, schwarz auf weiß. Sie möchten, wenn Sie nach Hause gehen, etwas von mir in Händen halten. Der erste, der zweite, der letzte Gedanke, schnell, schnell.

Schnell. Nein, ruhig, ganz ruhig. Ich habe genug Zeit. Jetzt. – Das einzige, das mir einfällt, ist Torheit. Und wenn schon. Ohne seine Geschwindigkeit zu verändern, rollt auch der Tag dem Ende zu. Dabei gäbe es Grund zur Eile. Ich sollte mich beeilen, endlich in die Finsternis zu gelangen, denn nur dort verlieren sich die gelobten, gehaßten Unterschiede. Aber ohne meine Geschwindigkeit zu verändern, warte ich, als einziger Lebender unter toten Dingen, warte ganz ruhig darauf, daß das Licht erlischt. Dann gibt es keine Niederschrift mehr und keine Geständnisse, nur Träume.

Einmal, das ist lange her, aber ich wohnte schon in der Glaskugel, erwachte ich mitten in der Nacht. Ein unbändiger Haß hatte mich geweckt. Ich versuchte, ihm auf die Spur zu kommen, aber es gelang mir nicht, so schlief ich wieder ein. Am Morgen danach hatte ich den Eindruck, lediglich geträumt zu haben. Mein Kopf war rot und meine Hände waren schwarz gewesen. Dann entdeckte ich Kratzspuren auf meiner Brust, und da wußte ich, daß ich nicht geträumt hatte. Ich hatte versucht, das Bild meines Vaters zu vernichten. Trotzdem verliefen die Tage in der Folge gleichmäßig wie vorher. Ohne Veränderung.

Dann wieder träumte ich, meine Mutter wäre bei mir und wiegte mich im Arm. Da faßte eine Hand, so groß wie wir beide zusammen, nach mir, trug mich über die Dächer der Stadt und ließ mich an der Grenze zum Land fallen. Ich wußte sofort, was ich zu tun hatte. Aber so sehr ich mich bemühte, es gelang mir nicht, meinen Körper weiterzuschieben. Als mich Soldaten im Traum abführten, schrie ich die ganze Zeit: Der Bauch ist schuld, der Bauch, die Gier nach Leben.

Ein anderes Mal kam jemand und sagte, da mein Vater tot sei, hätte ich an seine Stelle zu treten, und er zog mir eine Uniform an. Zuerst wollte ich das Kleidungsstück nicht, aber die Stimme des Mannes, der es mir anzog, war stärker als meine Gegenwehr. Nicht seine Hände, es war seine Stimme, die mich niederrang. Als ich auf dem Boden lag, lachte er, dann wurde sein Gesicht ernst, zum Schluß verzerrte es sich, und er begann mit Worten zu drohen. Schließlich erhob ich mich. Als die Stimme es befahl, ergriff ich ein Gewehr, richtete es gegen den Himmel und begann zu schießen.

Ich habe so lange geschossen, bis das Magazin leer war. Da trat der Mann auf mich zu und sagte plötzlich sanft: Nun gehörst du zu uns.

Es ist im Grunde alles ganz einfach zu erklären. Man muß lediglich die Frage anders stellen: nicht, warum geschah, was geschehen ist, sondern wie überhaupt etwas geschehen konnte. Weil es uns gibt, das genügt als Antwort. Das ist alles, was es zu sagen gibt.

Aus diesem und keinem anderen Grund hätten Sie so wenig Freude gehabt, wäre Ihnen Ihr Lieblingsexperiment gelungen, mich an die Stelle meines Vaters zu setzen. Ich sage Ihnen, es hätte sich nichts geändert. Man hätte sich meiner Mittäterschaft ganz leicht vergewissert. Ein Augenblick der Unachtsamkeit genügt. Ein einziger Augenblick, wie er meinem armen Vater passiert sein muß.

Es ist, als ob man um sein Leben würfeln müßte. Man weiß, daß der andere, gegen den man spielt, bei der ersten sich bietenden

Gelegenheit seine Würfel vertauschen wird. Danach wird für ihn immer die Sechs fallen.

Dann ist es nur eine Frage der Spieldauer, wann wir zu verlieren beginnen.

Man weiß, daß man die ganze Zeit über aufmerksam beobachten muß. Das ist schwierig, denn man hat im Licht Platz nehmen müssen, während der andere sich das Dunkel vorbehalten hat. Natürlich könnte man selbst einen Trick versuchen, und im gegebenen Augenblick werden wir das auch erwägen. Aber wir wollen einander nichts vormachen. Der Trick wird nicht gelingen. Sonst säße ein anderer an unserer Stelle am Spieltisch.

Und der Gegner weiß das.

Er weiß, daß wir irgendwann müde werden müssen. Wir haben die ganze Zeit über auf seine Attacke gewartet, und er konnte seine Kräfte schonen, weil er, und nur er, den Zeitpunkt zu bestimmen vermag. Wir sind von Anfang an die geborenen Verlierer. Geboren dafür, gutgläubig in jedes sich bietende Unglück zu rennen. Wie der Vater. Auch wenn wir nicht mehr glauben, woran der Vater geglaubt hat. Wir glauben dafür an anderes, und das Spiel ist das gleiche Spiel. Auch die Fallen werden gleichbleiben. Und wie der Vater werden wir nicht im voraus wissen, worauf wir hätten achten müssen. Wir wissen es auch jetzt nicht, nicht einmal in diesem Augenblick. Wir werden in alle Fallen tappen, in alle Felsabstürze stürzen.

Zuerst wird es nach einer großen Angst das Versprechen sein, Sicherheit zu gewähren, Brot, ein geschütztes Zuhause. Und dann wird es unsere Begeisterungsfähigkeit sein, unsere Naivität, unsere Sucht nach Glaubwürdigem, die Dankbarkeit dafür, daß man uns nicht von einer Hölle in die andere gejagt hat, und das Versprechen, daß mehr dahinter sein wird als Essen und Schlaf. Denn wenn man uns lange genug gefüttert hat, wenn wir lange genug geschlafen haben, wird uns an nichts so sehr liegen, wie an dem ›anderen‹, das nicht machbar, nicht greifbar ist, und wir werden uns nach nichts so sehnen wie nach den verlorenen Paradiesen des Chaos. Aber dann wird es zu spät sein. Den Rest wird eine noch größere Angst besorgen, eine neue Hölle, und zum Schluß, aber erst ganz zum Schluß, doch noch unsere geheimen Schändlichkeiten. – Darum glaube ich, daß sich nichts geändert hätte, wäre ich an die Stelle meines Vaters getreten. Ich sage das nicht gern. Die Scham darüber hätte mich längst überwältigt, wenn ich nicht meinte, daß alles, was ist, genauso gut wie nicht ist. Was immer geschieht, es ereignet sich im Grunde jedesmal das gleiche, was bedeutet, daß sich nichts ereignet hat. Wir sind unter allen Umständen wir.

Das lernen Sie erst einmal ertragen.

Ich hätte lieber etwas anderes geschrieben. Über eine glühende Sonne etwa, von der ich einmal gelesen habe. Von einer Hitze, die den Verstand raubt, und man ist nichts als Flimmern, nichts als Glut. Eine Verbindung zum All. Aber da ist keine Sonne und kein anderes Licht. So kann ich alles nur auf den Lärm schieben.

Ich werde besser eine Weile alles unentschieden lassen.

Am liebsten begänne ich von vorne. Was weiß ich denn, was weiß ich denn von allem. Nichts. Nur das Nichts bleibt, in einer traumlosen Dämmerung, wird vielleicht...

Stakkatorhythmen rinnen über mein Gesicht. Das Gehacke tut gut. Schmerz, ich bitte Sie, eine Andeutung von Schmerz. Ich habe noch immer Angst: vor dem Himmel der alten Träume, den Seefahrten, der Erde, vor den Bewegungen der Wellen, vor den klappernden Geräuschen der Schritte, plötzlich abbrechend, dem Echo... vor dem Geruch, den wir hinterlassen, wenn wir tot sind, und dem Duft des Lebens, draußen, draußen, vor den Toren, wo alles Licht ist, das immer unterliegt, wenn es Nacht wird. Und immer wieder kommt, das ein anderes Land verspricht. Voll Gewißheit. Und wir könnten einander erlösen.

Aber Sie wissen so gut wie ich, daß ich allein bin und es bleiben werde. Mit dem Kopf vielleicht in den Wolken, aber mit den Füßen immer auf der Erde, nie anderswo, immer nur auf der Erde, eingespannt zwischen unauflösbaren Widersprüchen und einer Welt von Gegenständen, die sich in Gegenständen vorstellt – und nur in ihnen. – Und Raum bedeutet darin, abgeschlossen zu sein.

Ich weiß, daß Ihnen meine Geschichte mißfällt. Sie wollten eine andere hören. Eine, in der man Ordnung schafft, das Haus bestellt und sich dann auf den Weg macht. Sie wollten hören, daß all das, was war, nicht mehr wird sein müssen. Ich verstehe, daß Sie von allen möglichen Wünschen gerade diesen gewählt haben. Aber dann hätten Sie an mich glauben müssen. Wenn Sie mir das Wort erlauben: unerschütterlich. Was haben Sie denn erwartet, was aus uns noch werden kann, was überhaupt noch möglich ist, wenn keiner glaubt… Schön oder häßlich – egal. Wir wollen zu einem Ende kommen. Sie haben es verdient.

Und damit alles einem Ende zugehen kann, muß es noch einmal weitergehen. Wir haben noch etwas zu klären. – Das einzige, das es zu klären gibt, ist das Sterben und der Tod. Nur wenn der Tod Sinn hat, ist das Leben nicht verloren. So will ich Ihnen das Ende erzählen. Heute nacht fiel es mir plötzlich wieder ein, ich weiß nicht, warum so spät. Vielleicht, weil man angesichts der Mühe, aufzustehen, sich zu verkriechen, den Kopf zu verlieren, die Füße über die Unebenheiten des Bodens zu führen, nicht an den vergangenen Tag denkt. Man denkt nicht. Man denkt nur daran, daß man mit guter Miene das Spiel zu Ende spielen muß, das man verlieren wird.

Einmal spielte ich auch mit Cinderella. Es war nicht eine jener Unterhaltungen, die man uns gelehrt hatte, weil auch das zu einer ›gesunden‹ Entwicklung gehörte. Wir spielten das Spiel vom geglückten Ausbruch aus der Stadt, und das war mein Einfall gewesen. Es schien mir so verlockend. Die Bedeutung der Zifferblätter, der Fäuste, das Wachstum der Tage, alles war darin aufgehoben, und das gefiel mir.

Ich hatte Styx' Buch hervorgeholt. Es war mein wichtigstes Requisit, obwohl ich den Text auswendig kannte. – Auf dieser Reise wollte ich es bei mir haben. Möglicherweise dachte ich, daß uns glücken konnte, was wir spielten. Dann hätte ich das Land mit den Worten verglichen, störrisch vermutlich und sicher unerbittlich hätte ich auf die Erfüllung eines Versprechens gepocht, das man uns vor langer Zeit gegeben hatte.

Wir spielten, wie Kinder spielen, und das verdient weder Lob noch Tadel. Ich faßte Cinderella an der Hand und sagte: Schließ die Augen, ich werde dir erzählen, wie das Licht aussieht.

Geradeaus, rechts, links, fragte sie, aber sie schloß die Augen.

Ich führte sie den Gang entlang, die Stiegen abwärts und aufwärts, unzählige Stufen und Schritte fort. Wir begannen den ersten Berg der Hügelkette zu besteigen, hinter der sich die Morgen verbargen, rotglänzende, überraschend aufbrechende Morgen, die nie Mittage, nie Abende wurden. Bäche, vielleicht auch Flüsse, ich weiß es nicht mehr, durchschnitten die Ebene vor dem Gebirge, die wir uns von braunen Pferden bevölkert dachten. Cinderella sagte, daß sie braun sein müßten, sie wird ihre Gründe gehabt haben. Einmal begleitete uns auch ein Hund, ich erinnere mich nicht mehr, wer von uns beiden ihn erfunden hat. Wir lockten das Tier mit Pfiffen, und es folgte uns. Eine Landschaft ohne Jahreszeiten, Städte, Dörfer. Dort konnte man alt werden, schlafen, lachen, sterben, den Kopf heben, eben dem Gedanken entsprungen, der uns erschaffen hatte. Ich glaube, wir dachten damals, der Ehrfurcht gewachsen zu sein und noch anderen Dingen, allen Dingen.

An Sonntagen machten wir Ausflüge ans Meer, durchstreiften Buchten, Gebüsch, Sand, den Schatten von Felsen, und manchmal, wenn das Wetter überraschend umschlug, wie das im Gebirge, an der See überall geschehen kann, flüchteten wir in Laubhütten, die wir hastig aufbauten und beim nächsten Mal wiederzufinden hofften.

Eines Tages begann ich mich nach Schiffen umzusehen, nach Fischen, nach Stürmen, und da kam ganz unvermutet das Ende unserer Ausflüge. Cinderella wollte mein Schiff nicht.

Ich glaubte, daß sie plötzlich erwachsen geworden war in einer vorgeschriebenen, erwarteten Weise, und verteidigte mein Spiel. Aber es war etwas anderes. Sie begann unter den Geheimnissen zu leiden. Nicht unter den Heimlichkeiten, die wir, als Findelkinder, nicht nötig gehabt hätten. Sie litt nicht – so wie ich – darunter, daß wir abends jeder in seinem Bett lagen, allein nach dem

Verlöschen der Lampe, in einer mondlosen Finsternis, der Kälte ausgeliefert, dem Frost, dem Winter. Sie begann des Landes wegen zu leiden. Es war eine Landschaft ohne Menschen, nicht für Menschen geschaffen, ausgedacht, um dazusein, für sich, in sich selbst versunken, nur selten von Fremden besucht, von uns, die sich wie Diebe einschlichen.

Sie biß sich in den Unterarm, um es mir zu erklären, und riß sich an einer Kante die Haut auf. Sie zeigte mir den schmalen, blutenden Strich und führte mich durchs Haus, nochmals die gleichen, alten, verlorenen Wege. Da ist eine Türe, sagte sie, und sie ist verschlossen. Da ist eine andere Türe, und wir müssen sie öffnen. Zwischen dem ersten und dem zweiten Stock liegen zweiunddreißig Stufen, das bedeutet zweiunddreißigmal den Fuß heben, ohne daß du einen einzigen Augenblick an den Morgen denken wirst oder an einen früheren Tag. Gestern hast du alle Prüfungsfragen beantworten können, morgen werden es andere Fragen sein. Ob du willst oder nicht, du wirst eine Antwort finden müssen, und du wirst sie hier finden müssen.

Ich konnte ihr nicht erklären, daß ich auch damals schon nicht ausgezogen war, um zu beginnen, sondern um zu scheitern. Sie dachte an die, die – wie wir – in der Finsternis und in der Unerbittlichkeit des Schlafes froren. Ich dachte an den rötlichen Ton ihres Haares, wenn die Sonne darauffiel, begierig, ihn für mich zu behalten. Nur in meinen Augen, nur in meinen.

Ich sagte ihr, was ich von uns hielt: daß wir Ertrunkene waren, die, an die Oberfläche gespült, auf den Wellen schaukelten, damit sie uns zurückwerfen, an Land werfen konnten, wo man uns begraben würde. Endlich. Oder Gott sei Dank. Ich sagte das, während ich ein Pflaster auf ihren Arm klebte. Schließlich hätte an der Wunde eine Infektion entstehen können. Und um ihr zu beweisen, daß mein Spiel kein schlechtes Spiel war, führte ich sie eines Tages in den Keller, aber das ist eine andere Geschichte.

Ich habe Cinderella nach ihrem Sprung aus dem Fenster nicht wiedergesehen, obwohl alle meine Klassenkollegen und -kolleginnen auf die Straße gelaufen waren und trotz des Lärms, einander Worte zuschreiend, ihren Körper betrachtet haben, der verrenkt, zerstört, nahezu unkenntlich geworden, dalag. Ein Professor trieb alle ins Schulhaus zurück. Als er mich erblickte, sagte er: So sind Findelkinder eben, und ich nickte. So sind Findelkinder.

Ich dachte dabei nicht an Cinderella, sondern lediglich an mein eigenes Elend. Es war nicht fair von ihr gewesen, ausgerechnet mich auszuwählen. Sie durfte nicht von vornherein in mir einen solchen Dummkopf sehen, der nicht begreifen würde, der ich aber war, wie ich bewiesen hatte, und der, wenn überhaupt, erst zu spät begriff. Ich hatte ihrer Bitte Folge geleistet, redete ich mir ein, weil ich ihr vertraut hatte. Ich war ihr Freund gewesen. Mißtrauisch hinter vorgegebener Belanglosigkeit auf ein mögliches Entdecken und Ihrer-habhaft-Werden aus zu sein – nicht einmal jetzt träte ich ihr so entgegen.

Dann sagte ich mir, daß sie mich ausgewählt hatte, weil wahrscheinlich nur Freunde Türen aufbrechen, die Finger verschränken, um Trittbrett für den Fuß zu sein, der aufsteigt, emporsteigt, nur Freunde Füße auf Schultern tragen… Die Glaskugeln sahen damals tatsächlich wie Pilze aus, sie glichen tatsächlich denen aus den Wäldern, die man uns nie zu betreten erlaubt, aber deren Bilder man uns ständig gezeigt hatte. Bilder in Büchern, Filmen, an Wänden – Dokumente einer unerreichbaren Schönheit, Bilder, die unseren Stolz brechen und alle Schuld von der Stadt nehmen sollten. Bilder in Pupillen, auf der Netzhaut, hinter der Netzhaut, auf dem Weg ins Gehirn, Bilder aus uns selbst schließlich, die man uns so lange gezeigt hatte, bis sie aus uns selbst kamen, bis das, was wahr war von dem, was man uns bloß gesagt hatte, nicht mehr getrennt werden konnte, und wir alles zu glauben begannen, weil uns nichts anderes übrigblieb, als zu glauben. Und weil wir es wollten.

Eine lange Zeit glaubte ich an meine Freundschaft. Erst später, erst in der Glaskugel, hörte ich auf… Ich meine, ich habe keinen Grund, irgend etwas zu glauben. Ich weiß nichts über Cinderellas Gefühle. Sie war, wann immer ich sie gesucht hatte, dagewesen, ob aus Einsamkeit, weil die anderen ihre Nähe nur suchten, wenn es um schulische Probleme ging, oder aus Gewohnheit, weil sie nun einmal immer DA war, kann ich nicht sagen. Manchmal suchte sie mich, und dann schwiegen wir miteinander. Sie setzte sich zu mir und sah zu, wenn ich arbeitete, oder wir saßen beide da und betrachteten die Bilder an der Wand. Manchmal kam ich zu ihr und sah ihr zu, starrte auf ihren blonden Haarschopf oder auf ihre Hände. Wahrscheinlich hatte sie mich auf den Dachboden mitgenommen, weil ich ihr so robust erschienen war. Einer, der alles überlebt. Einer, den nichts aus dem Gleichgewicht bringen kann, ein bißchen Schwanken vielleicht, aber das ist auch schon alles.

Ich habe mich selbstverständlich redlich bemüht, der Wahrheit all die Jahre ins Auge zu sehen. Ich bin meiner alten Haltung treu geblieben, daß nichts Bedeutung hat und alles Spiel ist. Da läßt sich auch im nachhinein kaum begreifen, was wirklich geschehen ist. Ich spreche noch immer über meine Vergangenheit, als ob alles Kindheit wäre, und für Kindheit kann man nichts. Ich betrachte mein Leben noch immer so, als hätte ich eine bestimmte Rolle für ein Theaterstück auswendig zu lernen. Geschrieben hat es ein anderer. Ich spiele lediglich unter Anweisung. Irgendwann wird das Licht im Zuschauerraum angehen, und der Applaus wird mich von der Bühne holen. Falls es Buhrufe sind, wenden Sie sich an den Regisseur, an den Autor, an den Theaterdirektor. Er hat das Spiel angesetzt. Er hätte ein anderes wählen können...

Ich habe gesagt, daß ich Cinderella mochte. Was ich damit andeuten wollte, war eine rosarote, himmelblaue Sympathie, die Assoziationen wie nett, kindlich, freundlich hervorrufen soll, im anderen Fall ginge man nicht einfach zur Tagesordnung über und nickte beifällig: Ja, so sind Findelkinder. Das, was ich tatsächlich für sie empfand, begreife ich auch heute nicht. Dazu hätte sie am Leben bleiben müssen, bei mir bleiben müssen. Vielleicht hätte es dann für alles eine Lösung gegeben. Aber selbst jetzt, während ich das sage, fühle ich ein Widerstreben, ehrlich zu sein. Nein: wahr zu sein, wenigstens für einen Augenblick. Ich weigere mich noch immer, in meinem Kopf jene Ordnung herzustellen, die das Licht vom Dunkel scheidet, weil ich weiß, daß danach nur Schmerz sein wird.

Ich möchte, daß alles vorübergeht. Leise und spurlos. Nur Cinderellas Gesicht soll in diesem Nichts schweben bleiben. Ein weißes Gesicht in der Finsternis des Lärms, in dem Dunkel der Worte, damit endlich alles zur Ruhe kommen und schweigen kann: das Flüstern in meinem Kopf und der Schrei, mit dem Cinderella stürzte, mehr ein überraschter Ausruf, als sie fiel und fiel.

Ich war nicht bei Cinderellas Begräbnis. In der Gleichgültigkeit, die man von uns dem Tod gegenüber erwartete, war es nicht einmal verboten worden. Ich hätte einfach zur Türe hinausgehen können, ohne Auskunft erteilen zu müssen, um den Flammen zuzusehen, die das Weiß ihres Gesichtes verkohlten. Ich wollte das nicht sehen. In meinen Vorstellungen erloschen die Flammen, und Cinderellas Gesicht blieb weiß in der Dunkelheit des Krematoriums. Ein vergessener Lichtschatten. Ein aufstrebender Lichtpfeil. Wir besteigen das nächste Boot und segeln weit hinaus. Ohne zurückzuschauen. Erst ganz zum Schluß, ehe uns der Sturm einholt, wenden wir die Augen dem Ufer zu. Aber wir sind schon zu weit fort, um es noch sehen zu können. Da ist nichts mehr als Weite. Weite und Meer. Und Cinderellas Gesicht am Segel.

Zärtlichkeit, was für ein Schlag ins Gesicht. Zärtlichkeit, und alle Bosheit müßte von uns abfallen wie ein müde gewordener Panzer. Und wir stürzten endlich aus dem Zufall, mit dem wir an einem zufälligen Ort zu einem zufälligen Zeitpunkt leben...

Jetzt, da ich mich erinnere, zerspringt alles bisher Gedachte, alles bisher Gesagte in helle Glocken, die sich nie mehr abschütteln lassen werden und die, wo immer ich in Zukunft sein oder nicht sein werde, in mir tönen bleiben. Alles andere wird zerfallen. Das Tonband lösche ich selbst.

›Ein schöner Tod.‹ Jeder Tod ist schön. Das alles endende Ende.

Und ich war der Vermittler, zur Leere, zum Nichts. Zum Überall, zum Nirgends. Cinderella fliegt mit dem Segel über das Meer, und ich bin endgültig verloren.

Der Lärm dröhnt wie Finsternis in meinem Kopf.

Der Lärm und die Finsternis. Aber da ist noch etwas anderes. Trauer. Was sage ich. Dieser leise Schmerz, der mich verrückt, der mich süchtig nach Leben macht. Jetzt. So viele Jahre später und gleichzeitig, als ob es gestern gewesen wäre. Nein, diesmal ist es anders. Was immer wir damals gedacht haben, niemand, niemand hatte das Recht, Cinderella zu beweinen. Niemand hatte das Recht zu vergessen. Ich werde die Falle nicht zuschnappen lassen, die uns voneinander trennen möchte.

Ich werde zu Amir gehen. Das ist ganz einfach. Ich habe Ihnen die ganze Zeit über nicht die Wahrheit gesagt. Amir hat mit seinem Brief auch seine Identitätskarte geschickt. Ich besitze sie seit mehr als drei Wochen. Ich müßte sie lediglich anstelle meiner eigenen an den Mantel nähen, die Straße betreten und warten. Ich glaube nicht, daß ich lange warten müßte. Die kurze Zeitspanne, die der Lärm benötigt, um Bewußtlosigkeit hervorzurufen, der kurze Schmerz wird sich nicht einmal wahrnehmen lassen. Eine Explosion im Kopf, und es ist geschehen. Jetzt steht dem nichts mehr im Wege.

Amir schreibt, daß er sich freuen würde, wenn er mich nach so langer Zeit wiedersähe. Ich erinnere mich sehr genau an ihn. Knapp vor unserer Matura, fast ein Jahr nach Cinderellas Tod, verließ er die Schule. Es hieß, er sei zu müde geworden, um uns weiter zu unterrichten. Aber das war nicht die Wahrheit. Cinderella hatte Tagebuch geführt. Wir wußten alle davon, aber nach ihrem Tod war es nicht gefunden worden. Es blieb verschollen bis zu dem Zeitpunkt, da eine Renovierung der Lehrerzimmer beschlossen worden war.

Durch einen dummen Zufall oder durch Absicht, was ich eher glaube, wurde Amirs Zimmer als erstes in Angriff genommen, noch bevor er es ausräumen konnte. Die Arbeiter stellen die Einrichtung auf dem Gang ab, und der Direktor, ein widerlicher Schnüffler, nahm die Gelegenheit wahr, um endlich an die persönlichen Dinge des Menschen zu gelangen, der ihm die ganze Zeit über verdächtig gewesen war. Er brach Amirs Schreibtisch auf und fand darin Cinderellas Tagebuch. Er las uns später Passagen daraus vor, um zu belegen, wie charakterlich verwerflich, wie minderwertig sie gewesen sein mußte, daß sie sich umgebracht hatte.

Amirs Notizen zum Tagebuch las er nicht vor. Die leitete er an eine übergeordnete Behörde weiter. Aus beidem, aus den Tagebucheintragungen wie aus den Notizen, ging hervor, daß Amir wiederholt gegen das Schulgesetz verstoßen hatte. Eine Untersuchung wurde eingeleitet. Man holte uns einzeln zum Verhör. Man wollte um jeden Preis wissen, was dieser Mensch an Schändlichkeiten und Verbotenem in unsere Köpfe gepflanzt hatte. Amir hatte wiederholt unsere Fragen beantwortet, was dem Direktor bekannt gewesen war. Aber er hatte uns auch Bilder von früher gezeigt. Verbotene Bilder. Und das kam nun zutage. Nur über die Stunde Null hatte Amir nie gesprochen. Auch er nicht. Damals war seine Familie umgekommen, und er, schon auf der Flucht, kehrte um. Damit er unsere Fragen beantworten konnte, falls wir jemals, falls jemals einer nach Antwort verlangen sollte.

Aber wir wurden nicht seine Söhne. In unseren verzweifelten, manchmal grotesk anmutenden Bemühungen um unser Leben begriffen wir nichts. Wir sagten: Dies ist kein Schmetterling. Der Himmel, wenn sich die Wolken lichten, ist blau. Der Morgen, der beginnt, ist ein neuer Anfang – aber wir fürchteten ihn. Wir wollten schon hinaus – aus der Stadt, den Gewohnheiten, Vorschriften, vielleicht sogar aus dem Denken, und solange wir davon träumten, war Amir ein gesuchter Gesprächspartner. Auf Stiegenaufgängen, in irgendwelchen Zimmern saßen wir, rund um ihn auf dem Fußboden, oder auf der Couch zusammengedrängt, und entwarfen den Ausbruch aus der Stadt; redeten darüber, was einmal sein wird, das jetzt noch nicht war. Was kommen konnte, aber keinesfalls mußte. – Die Angst und die Suche nach Sicherheit waren letzten Endes stärker als Amir.

Unsere Väter hatte man die betrogene Generation genannt, ich weiß nicht, warum. Uns nannte man die verlorene, und das verstehe ich besser. Alles um uns war Legende, Gerücht, zweifelhaft: das Land, die weiten Ebenen, Styx' Verse. Unser Dasein erschien uns wie eine Vorstufe zum Leben, als eine Art Zwischenstation, nach der uns später einmal nur die Stadt gewiß sein würde. Noch redeten wir über Wahrheit, Lüge, Freiheit, Flucht und glaubten, daß wir es begriffen, wenn wir es benannten. Noch sagten wir, daß die Existenz eines Menschen genügen muß, um einen anderen zu dem Glauben zu veranlassen, es wäre gut so, aber wir fühlten das nicht. Wir erfuhren nicht, daß die Welt draußen tatsächlich existierte und worin diese Existenz bestand. So entschieden wir uns, einer nach dem anderen, für die Stadt; verschreckt von der Nutzlosigkeit des Seins, unfähig, das Tröstliche darin zu entdecken.

Unser Philosophieprofessor, ein strenger Dogmatiker, der die Gesetze des Denkens den Gesetzen der Stadt anzupassen trachtete, äußerte sich über unsere Diskussionsausflüge recht zufrieden. Wir seien eine erstaunliche Generation, sagte er, die doch zu gewissen Hoffnungen berechtige, und das hätte uns mißtrauisch machen sollen. Diese Zustimmung kam überraschend. Nach den Schulbestimmungen waren unsere Zusammenkünfte zu verurteilen. Darum waren sie so unauffällig wie möglich abgewickelt worden. Wir hatten ständig mit Behinderungen, mit der Auflösung unserer Gesprächsrunden zu rechnen, aber unser wohlwollend lächelnder Philosoph durchschaute uns. Er fand hinter unseren Gesichtern schon den zukünftigen Robbenjäger, der über seine Beute niemals etwas anderes würde wissen wollen als den Ort und Zeitpunkt, zu dem er sein Opfer töten, den Nutzen, den er aus diesem Tod für sich ziehen konnte.

Ich will nicht behaupten, daß wir von Anfang an Betrüger waren, die sich später nur noch auf einen fatalen Zufall berufen durften. Eine Weile haben wir sicher geglaubt, was wir sagten. Im Herzen nannten wir die Stadt noch Hölle, aber als uns der Direktor vorhielt, daß unsere vordringlichste Aufgabe darin bestünde, nützliche Bürger dieses Monstrums zu werden, und unter diesem Vorwand Auskünfte über Amirs sogenannte Verfehlungen forderte, sagten wir ja und gaben Auskunft. Warum nicht? Der Gehorsam garantierte, daß man uns in Ruhe ließ. Nützlichkeit wies uns, die wir über keinen gesicherten Platz verfügten, einen Ort zu, der endlich bestimmt war.

Nicht lange nach Amirs Entlassung gehörten unsere Gespräche allesamt der Stadt an. Zuerst war sie nur das Gestrüpp, das uns überwucherte, dann, ganz allmählich und ohne daß uns etwas davor gewarnt hätte, wurden wir selbst dieses Gestrüpp. Zuerst sagten wir nur nach, was man uns von seiten der Stadt vorsagte, später begannen wir ihren Wünschen entsprechend zu denken.

Wir sprachen vom Land als unerreichbares Paradies, aus dem die Vertreibung schon stattgefunden hatte. – Das tröstete uns. Wir sprachen über unsere zukünftige Nützlichkeit als einzig mögliches Ziel. – Das gab uns Sicherheit. Die Fragen nach dem Woher unseres Kommens und dem Wohin unseres Gehens verebbten allmählich. Die Antworten standen von vornherein fest. Unser Tod war eine beschlossene, unausweichliche Folgerung, unaufhaltsam die Vereisung unserer Gemüter, jenes langsame Dahinsterben, das sich als eigenartiger Verlust der Welt darstellt, als Uneinsichtigkeit gegenüber dem Leben anderer.

Leb wohl, Styx, leb wohl, Cinderella, leb wohl, Amir. Wir waren bereit, befriedete, gehorsame Bürger zu werden, die willig alle peinlichen Fragen vermieden.

Cinderella muß gefühlt haben, in welcher Gefahr wir uns befanden. Einmal, ein einziges Mal, habe ich sie in den Keller geführt, wie ich Ihnen bereits andeutete. Ich zeigte ihr die beiden Bilder, die mich am meisten betroffen gemacht hatten. Ich wollte wissen, was sie dabei empfand, und ich wollte ihr beweisen, daß mein Spiel die einzige Möglichkeit darstellte, in dieser Welt zu leben. Wir schlichen mitten in der Nacht hinunter. Es war überall still im Haus. Alle, buchstäblich alle schienen zu schlafen, und ich dachte, nun müßte das Bild vom Bergsee noch tiefer schweigen. Und dann dachte ich plötzlich, daß auch das Brennen deutlicher zu hören sein würde. Ich wollte zurückgehen, aber da standen wir schon an der Türe. Dann hoffte ich, daß sie versperrt sein möge, aber sie war offen.

Ich weiß nicht mehr genau, wie lange wir unten blieben. Es wurde schon hell, als wir zurückgingen. Und nun werden wir schlafen, sagte Cinderella. Wir werden laufen, essen, auf Stühlen sitzen. Wir wissen, was unter uns ist, und werden nach der Zeit fragen.

Was hätte ich antworten sollen? Selbstverständlich würden wir schlafen, essen, laufen, nach der Uhrzeit fragen und unsere Worte wie früher verwenden. Was bleibt uns anderes übrig, antwortete ich. Die Welt ist dicht, das Leben geht weiter.

Im zweiten Stock stand Amir über das Geländer gebeugt und sah uns entgegen. Tu das nicht wieder, sagte er zu mir.

Ich verstand ihn erst später, erst nach Cinderellas Tod, im Grunde erst, als uns der Direktor aus ihrem Tagebuch vorlas. Sie hatte, ohne meinen Namen zu nennen, die Bilder beschrieben, um sie festzuhalten. Darunter stand: Die Todsünden beginnen allesamt mit einem ruhigen Herzen.

Das sind die ersten Symptome, sagte der Direktor, als er uns diese Passage – offensichtlich zur Warnung – vorlas. Schließlich war die Unruhe in einen Selbstmord getaumelt. Was weiter dabeistand, verschwieg er uns, aber ich kannte die Fortsetzung.

– Erinnerungen sind Zeitbomben, die bersten, wenn niemand mit ihnen rechnet.

– Einmal in Gang gesetzt, darf das Herz nicht mehr zur Ruhe kommen. Ein Kampf, den wir nie ganz gewinnen werden und den wir nicht verlieren dürfen.

Ich kannte Cinderellas Tagebuch, weil sie es mir hin und wieder gezeigt hatte. Ich habe darin über ihre Suche nach einem Vater gelesen und die Frage, wo sie einmal zu Hause sein würde. Ich las die Bildbeschreibung der Küstenlandschaft, die wir uns ausgedacht hatten. Die Beschreibung von Sand und Meer; wie ein Segelboot den Hafen verläßt. Ich las ihre Zweifel und die Versuche, sie zu überwinden: Die Unruhe des Herzens kann zufällig aufbrechen. Der Anlaß muß weder groß noch großartig sein. Ein Blick, eine Geste, aufsteigende Staubkörner im schräg einfallenden Sonnenlicht – eines Tages ist sie da und mit ihr das kostbare Chaos, das weder Nutzen noch vordergründige Ziele kennt, die wunderbare Ungewißheit, die verspricht, daß nichts bleiben muß, wie es war, und nichts so sein muß, wie es ist. Das wollen wir versuchen zu glauben.

Ich bin sicher, daß Amir Cinderella zugestimmt hat. Aus welchem anderen Grund hätte er sonst entgegen allen Verboten versucht, wenigstens hie und da die alten Bilder zu zeigen, die Bilder

der Verbrennungsstätten, Tänze, Tempel, Kathedralen und Gesänge. Aus welchem anderen Grund hätte er sonst versucht, so lange wie möglich in unserer Nähe zu bleiben. Erinnerungen sind Zeitbomben.

Cinderellas Tod muß Amir ebenso betroffen haben wie mich, wenn auch aus anderen Gründen. Sie ließ ihn als einzige glauben, daß sie nicht bloß rücksichtslos überleben würde, was immer sich zum Überleben anbot. Vielleicht hätte er ihr eines Tages seine Geschichte erzählt. Ich meine, vollständig. Denn was damals geschehen ist, welche Verwirrung der Stunde Null vorangegangen war, weshalb plötzlich Bürger dieser Stadt vor anderen Bürgern dieser Stadt fliehen mußten, hat auch sie nicht erfahren. Wir anderen waren von vornherein nur Grund zum Schweigen. Wir haben Amir keine vernünftige Antwort gegeben, sonst hätte aus dem, was er uns gesagt hatte, eine große Revolution, ein großer Aufbruch entstehen müssen. Er war zu allem, was wir sahen und hörten, das andere, der Widerspruch, der vielleicht verhindert hätte, daß wir in bloße Träumereien flüchteten, um später auch sie zu verdammen. Er war die einzige begreifbare Geschichte, die uns der eigenen hätte näherbringen können, damit endlich etwas wahr wird.

Die Welt war dicht und blieb für uns verschlossen, unsere Bücher änderten nichts daran. Das Studium der Geschichte, zu dem man uns unentwegt anhielt und von dem man uns unentwegt abhielt, war vergeudete Zeit. Wir lernten aus ihr ebensowenig, wie die Väter. Was wir an Zahlen und Daten erfuhren, vergrößerte lediglich die Entfernung und das Fremdsein. Aus dem ursprünglichen Unwissen wurden Mißverständnisse, aus dem zuerst Begriffslosen Unbegriffenes. Ohne Zeugen und Zeugnisse bleiben Zeiträume nun einmal unüberbrückbar und Namen gestaltlos. Ein seltsames Verrechnungssystem in unseren Köpfen ließ uns ohne innere Anteilnahme Fakten speichern und veranlaßte uns, Barbarei lediglich an der Zahl der Opfer, nicht an deren Tatsache abzulesen. Die Betroffenheit, die Amir von uns erwartete, blieb aus. Wir erwiesen uns einer fremden Geschichte als Fremde.

Das scheint mir heute leicht erklärbar. Offensichtlich ist unser Vorstellungsvermögen nicht von solcher Beschaffenheit, das, was sich lediglich in Zahlen und Namen ausdrückt, auch vorstellen zu können. Der Intellekt vermag daraus keinen Nutzen zu ziehen, der dem Leben dienen könnte. Bloße Hülsen regen die Fantasie nicht an. Da wird nichts in Schwingungen versetzt, da bricht nichts auf, wie es manchmal beim Hören einer Stimme, beim Beobachten eines Gesichtes passieren kann. Das sage ich, und daran glaube ich auch heute noch: daß dann und wann etwas mit uns zu geschehen vermag, obwohl wir die Chance, die Amir war, nicht nützten.

Das Wichtigste, das dieser Stadt nach der Stunde Null geschehen ist, sagte Cinderella einmal, war, daß sie nicht von allen ihren Opfern verlassen wurde. Nicht von allen, die fliehen mußten, um am Leben zu bleiben, oder bedrängt wurden für das, was sie waren. Daß der eine oder andere geblieben oder zurückgekommen ist, um den Kopf zu verlieren, sich zu verkriechen, die Füße über die Unebenheiten des Bodens zu führen und an den vergangenen Tag zu denken, nicht an einen fernen, an einen nahen... Angesichts eines Spieles, das schon verloren schien... Gegen die eigenen Erfahrungen, für ein Wenn, ein Vielleicht, das nur faßbare Gestalt ist, wenn es geglaubt wird. Wir müßten lediglich die Hände ausstrecken, um zu begreifen.

Sie wissen es. Wir ergriffen nicht. Wir beriefen uns auf den Zufall und verdammten Väter. Die Stunde Null stand als doppelgesichtige Sphinx in unseren Gehirnen: als der Zeitpunkt unserer Geburt und als Beginn einer von uns nicht verursachten Geschichte. Trotzig verwiesen wir darauf, daß wir die Welt, wie sie uns entgegentrat, nicht gewollt haben konnten, und lehnten jede Verantwortung ab; uneinsichtig dafür, daß wir die Welt, die wir irgendwann wieder zu verlassen hatten, in jeder Bedeutung des Wortes ›mitgemacht‹ haben würden.

Vielleicht hätte ich unseren Gesprächen, unseren Vorstellungen in irgendeiner Weise entgegentreten sollen, vielleicht hätte ich es tun müssen. Ich wußte schon um die von mir gemachte Welt. Ich wußte schon von den Abstürzen, die einen Menschen betreffen konnten. Wahrscheinlich stand ich gerade deshalb da und widersprach nie, beruhigt, fast getröstet durch unseren immer sichtbarer werdenden Verfall. Plötzlich fühlte ich trotz aller Getrenntheit eine Gemeinsamkeit aus dem gemeinsamen Schuldigwerden entstehen. Plötzlich sah ich, daß mich, das Findelkind, etwas mit den anderen zu verbinden begann, sogar mit den Bürgerkindern erster Ordnung. Ein Einsamer, der in der Verdammnis endlich aufhören würde, einsam zu sein; in einer Verdammnis, nach der ich mich seit Cinderellas Tod unaufhörlich sehnte.

Nun sah es aus, als beträfe sie alle, und das war das Schicksal, das ich uns gönnte.

Amir muß gewußt haben, in welchem Zustand ich mich nach Cinderellas Tod befand. Er erwartete meinen Besuch, erwartete, daß ich mich bei ihm aussprechen würde. Aber ich wollte nicht getröstet werden. Nicht einmal von ihm. Da ich nicht zu ihm kam, ließ er mich rufen. Ich schob das Gespräch wochenlang auf. Erst als ich keine Ausrede mehr fand, betrat ich an einem späten Nachmittag sein Arbeitszimmer, und auch da war ich nur gekommen, um mein verbissenes Schweigen unter Beweis zu stellen. Wortlos legte ich meine Punkteliste auf seinen Schreibtisch, deren Erfüllung mich zum Stadtadoptierten gemacht hätte. Ein paar Sonderleistungen noch, ein paar lächerliche Eintragungen, wie ich Ihnen erzählt habe, und ich hätte es geschafft gehabt.

Amir fragte mich, ob ich gründlich überlegt habe, was ich da tat. Ich antwortete mit Nein und daß ich keine Überlegungen wünschte. Ich starrte ihn über den Tisch hin feindselig an, aber er wurde nicht zornig. Er schob die Liste zur Seite. Setz dich, sagte er. Ich blieb stehen. Vertrau mir doch, sagte er.

Ich vertraue mir selber nicht, antwortete ich und verließ das Zimmer. Ich habe noch heute sein ›mein Gott‹ im Ohr, als ich die Türe schloß. Ich fühlte die gleiche Panik aufsteigen, die mich beim Anblick von Cinderellas Sturz erfaßt hatte. Ich wollte fort und daß alles ein Ende hatte. ›Nie mehr‹ schienen mir auch heute noch Worte zu sein, mit denen sich ein Mensch lebenderweise nicht anfreunden kann. Nun gut, auf meine Weise ging ich, wie ich denke, tatsächlich endgültig.

Amir und ich haben nie mehr allein miteinander geredet. Ich mied ihn, so gut ich konnte, und er verzichtete darauf, mich zu einem zweiten Gespräch zu zwingen. Vielleicht respektierte er mein Schweigen, vielleicht dachte er, daß ich noch nicht soweit war, was ich eher glaube. Ich hatte tatsächlich nichts überlegt. Meine Punkteliste abzugeben war der Faszination entsprungen, die die Vorstellung meines Unterganges auslöste, eine Radikalität, von der ich erwartete, mich freikaufen zu können. Irgendeine ähnliche Überlegung muß mir damals durch den Kopf gegangen sein, ich weiß es nicht mehr genau.

Ich will nicht über Wahrheit reden. Sie ist mir heute so fremd wie damals. Ich bin noch immer der Blinde, der mit weit von sich gestreckten Händen den Raum abtastet – in Erwartung eines Absturzes oder einer Berührung. Vielleicht ließe ich sie heute geschehen. Damals habe ich alles getan, um ihr zu entgehen. Ich wußte, daß es irgendwo auch für mich eine verbindliche Wahrheit gab, eine tröstliche, nicht bloß eine bedrohende. Ich war gleichzeitig davon überzeugt, daß dieses Wissen nur dazu dienen sollte, mich zu quälen. Sie war das Unerreichbare, das Unerkennbare, über das ich sprach, als läge es auf der Straße, und die Straße war nicht mein Revier. Wer vermochte sich dort aufzuhalten. Wer ertrug das schon. Und ich wollte, ich könnte von mir behaupten, nichts als ein Abbild der Wirklichkeit gewesen zu sein, die uns umgab, ihr negativer Abguß, der, wenn schon negativ, so doch nur eine Erschaffung anderer darstellte und der, wenn schon nicht unschuldig, so doch keineswegs schuldig war. Ein Bild im Gegenlicht, das sich dunkel gegen den Himmel der Träume abhebt, gerade aufgerichtet gegen die Sonne, und die Finsternis auf sich zieht, den Widerspruch, der das Licht sichtbar macht. Aber ich fürchte, ich redete so, wie ich redete, nur um zu verhindern, daß ich endlich wahr wurde.

Sie werden verstehen, daß auch das abgebrühteste, verhärtetste Gemüt zu einem solchen Geständnis nicht bereit sein kann.

Nicht von vornherein. Nicht ohne Umweg.

Sie werden nun auch verstehen, daß Amir zu uns nicht über die Stunde Null sprechen konnte. Dazu hätte er wenigstens eines Menschen bedurft, der das Versprechen nicht gab, sondern *war*, daß er auf die Frage: was nun, was weiter? antworten würde, nicht bloß aus Zufall, nicht jenes lächerlichen Zufalles von Geburtsort und Zeitpunkt wegen, kein Täter geworden zu sein.

Und so hat er viele Jahre neben uns geschwiegen.

Es gelang ihm damals, als Cinderellas Tagebuch gefunden worden war, gerade noch, vor seiner Verhaftung in die Glaskugel zu flüchten. Die Beamten der Stadtverwaltung durften ihm dorthin nicht nachfolgen. Das entsprach einem Abkommen zwischen Stadt und Land. Amir genoß hohes Ansehen auf dem Lande. Ihn hätte man jederzeit aufgenommen. Aber da er zurückgegangen war, hatte man von seiten des Landes wenigstens Garantien für Leib und Leben verlangt. Die Stadt hatte sie widerwillig gegeben, auch zu garantieren gehabt, daß es niemandem verwehrt werden dürfe, zu ihm zu gehen. Allerdings achtete man genau darauf, wer seine Wohnung betrat und daß es keinem gelang, seine Glaskugel zu verlassen, ohne einem Verhör zugeführt zu werden.

Ich werde also Amirs Identitätskarte an meinen Mantel nähen und die Straße betreten. Eine kurze Zeitspanne nur, und eines der Panzerfahrzeuge wird mich bewußtlos Gewordenen auflesen. Einer der Beamten wird die Adresse meinem Ausweis entnehmen und dem Fahrer die entsprechende Anweisung erteilen. Nach knapp einer Viertelstunde werde ich vor Amirs Glaskugel ausgeladen werden, in deren innerstem Kreis er sitzt und wartet. Wir werden miteinander sprechen, Sri Lanka spielen, jenes alte Festungsspiel, in dem viele zu einer Mitte unterwegs sind, es aber nicht für alle Eingänge gibt.

Amir schreibt, daß er sich noch genau an die Zeit vor der Stunde Null erinnert und daß er alle meine Fragen beantworten will. Er besitzt Bilder von früher. Wenn ich die Schleuse und die Glaskugel bis zum innersten Kreis durchschritten haben werde, wird er sie mir zeigen. Ich darf nur nicht aufgeben. Amir hat jedes Dezennium seines Lebens eine Glaskugel um die Glaskugel gebaut. Im Zentrum der Stadt nennen die Leute seine Behausung das Labyrinth. Viele Besucher vom Lande sollen nur deshalb zu uns kommen, weil sie das Labyrinth sehen wollen. Amir soll sehr alt sein. Es waren viele Dezennien. Aber wenn ich den innersten Kreis erreicht haben werde, werden wir spielen und Bilder von früher betrachten, als die Stadt noch eine offene Stadt gewesen war, stumm versunken in den Anblick schlanker Türme und menschenleerer Gassen. Zwei alte Herren...

Nein, ehe mein Bart wächst und mein Haar grau wird, werde ich doch noch zu sprechen beginnen. Ich werde nichts von dem erzählen, was war. Der Anfang liegt im Dunkel und im Lärm. Der Anfang war furchtbar. Ich werde die Geschichte erzählen, die vielleicht die meine hätte sein können, vielleicht hätte sein müssen. Ich werde noch immer nicht wissen, wer ich bin, und mein Paß wird noch immer nicht genügen, aber ich werde mit dem antworten, was vielleicht sein wird.

Natürlich könnte ich gleich losmarschieren und die Stadt verlassen, ohne Umweg zu Amir, aber das wäre nicht richtig. Nicht nur, weil er seine Identitätskarte zurückbekommen sollte – oder wenigstens meine statt seiner – und weil er nicht vergeblich warten darf, sondern weil ich ihm meine Geschichte erzählen muß. Ein Wachtraum vielleicht. Vielleicht Spiel. Alles ist Spiel, alle Zukunft und dann vielleicht, endlich vielleicht nicht mehr Zufall. Das ist nicht sicher. Nichts ist sicher.

Keine Sicherheiten. Aber es geht weiter.

Alles geht weiter. – Ein ständiges Provisorium zwar, aber es geht weiter, bleibt in Bewegung.

Ich werde gewiß nicht bei Amir bleiben, und es kann sein, daß mich der Weg zu ihm die Möglichkeit kostet, diese Stadt zu verlassen.

Das ist nicht so wichtig. Irgend jemand schafft das schon.

Keine weiteren Fragen. Das Wichtigste ist geschehen. Einer ist zurückgekommen. Das genügt – das ist mehr, als die Stadt jemals vollbracht hat.

Keine weitere Klarheit.

Wenn ich Glück habe, ist meine Antwort die Geschichte des Chaos, mit jenem eigenartigen Sinn für Ordnung, wie ihn nur das Chaos aufbringen kann – um es der unwürdigen Ordnung der Stadt entgegenzustellen...

...und

...nun leben Sie wohl. Ich habe einen weiten Weg vor mir. Damit alles ein Ende haben kann, werde ich ihn schweigend gehen.

Phantastische Bibliothek in den suhrkamp taschenbüchern

Violetter Umschlag kennzeichnet die Bände der »Phantastischen Bibliothek« innerhalb der *suhrkamp taschenbücher*

Band 1 Stanisław Lem, Nacht und Schimmel. Erzählungen. Aus dem Polnischen von I. Zimmermann-Göllheim. st 356

Band 2 H. P. Lovecraft, Das Ding auf der Schwelle. Unheimliche Geschichten. Deutsch von Rudolf Hermstein. st 357

Band 3 Herbert W. Franke, Ypsilon minus. st 358

Band 4 Blick vom anderen Ufer. Europäische Science-fiction. Herausgegeben von Franz Rottensteiner. st 359

Band 5 Gore Vidal, Messias. Roman. Deutsch von Helga und Peter von Tramin. st 390

Band 6 Ambrose Bierce, Das Spukhaus. Gespenstergeschichten. Deutsch von Gisela Günther, Anneliese Strauß und K. B. Leder. st 365

Band 7 Stanisław Lem, Transfer. Roman. Deutsch von Maria Kurecka. st 324 (vergriffen)

Band 8 H. P. Lovekraft, Der Fall Charles Dexter Ward. Zwei Horrorgeschichten. Aus dem Amerikanischen von Rudolf Hermstein. st. 391

Band 9 Herbert W. Franke, Zarathustra kehrt zurück. st 410

Band 10 Algernon Blackwood, Besuch von Drüben. Gruselgeschichten. Aus dem Englischen von Friedrich Polakovics. st 411

Band 11 Stanisław Lem, Solaris. Roman. Aus dem Polnischen von I. Zimmermann-Göllheim. st 226 (vergriffen)

Band 12 Algernon Blackwood, Das leere Haus. Phantastische Geschichten. Deutsch von Friedrich Polakovics. st 30

Band 13 A. und B. Strugatzki, Die Schnecke am Hang. Aus dem Russischen von H. Földeak. Mit einem Nachwort von Darko Suvin. st. 434

Band 14 Stanisław Lem, Die Untersuchung. Kriminalroman. Aus dem Polnischen von Jens Reuter und Hans Jürgen Mayer. st 435

Band 15 Philip K. Dick, UBIK. Science-fiction-Roman. Aus dem Amerikanischen von Renate Laux. st 440

Band 16 Stanisław Lem, Die Astronauten. Utopischer Roman. Aus dem Polnischen von Rudolf Pabel. st 441

Band 17 Phaïcon 3. Almanach der phantastischen Literatur. Herausgegeben von Rein A. Zondergeld. st 443

Band 18 Stanisław Lem, Die Jagd. Neue Geschichten des Piloten Pirx. Aus dem Polnischen von Roswitha Buschmann, Kurt Kelm, Barbara Sparing. st 302

Band 19 H. P. Lovecraft, Cthulhu. Geistergeschichten. Deutsch von H. C. Artmann. Vorwort von Giorgio Manganelli. st 29

Band 20 Stanisław Lem, Sterntagebücher. Aus dem Polnischen von Caesar Rymarowicz. Mit Zeichnungen des Autors. st 459

Band 21 Polaris 4. Ein Science-fiction-Almanach von Franz Rottensteiner. st 460

Band 22 Das unsichtbare Auge. Eine Sammlung von Phantomen und anderen unheimlichen Erscheinungen. Erzählungen. Herausgegeben von Kalju Kirde. st 477

Band 23 Stefan Grabiński, Das Abstellgleis und andere Erzählungen. Mit einem Nachwort von Stanisław Lem. Aus dem Polnischen von Klaus Staemmler. st 478

Band 24 H. P. Lovecraft, Berge des Wahnsinns. Zwei Horrorgeschichten. Deutsch von Rudolf Hermstein. st 220

Band 25 Stanisław Lem, Memoiren, gefunden in der Badewanne. Aus dem Polnischen von Walter Tiel. Mit einer Einleitung des Autors. st 508

Band 26 Gerd Maximovič, Die Erforschung des Omega-Planeten. Erzählungen. st 509

Band 27 Edgar Allan Poe, Der Fall des Hauses Ascher. Aus dem Amerikanischen von Arno Schmidt und Hans Wollschläger. st 517

Band 28 Algernon Blackwood, Der Griff aus dem Dunkel. Gespenstergeschichten. Deutsch von Friedrich Polakovics. st 518

Band 29 Stanisław Lem, Der futurologische Kongreß. Aus dem Polnischen von I. Zimmermann-Göllheim. st 534

Band 30 Herbert W. Franke, Sirius Transit. Roman. st 535

Band 31 Darko Suvin, Poetik der Science-fiction. Zur Theorie und Geschichte einer literarischen Gattung. Deutsch von Franz Rottensteiner. st 539

Band 32 M. R. James, Der Schatz des Abtes Thomas. Zehn Geistergeschichten. Aus dem Englischen von Friedrich Polakovics. st 540

Band 33 Stanisław Lem, Der Schnupfen. Kriminalroman. Autorisierte Übersetzung aus dem Polnischen von Klaus Staemmler. st 570

Band 34 Franz Rottensteiner (Hrsg.), ›Quarber Merkur‹. Aufsätze zur Science-fiction und Phantastischen Literatur. st 571

Band 35 Herbert W. Franke, Zone Null. Science-fiction-Roman. st 585

Band 36 Über Stanisław Lem. Herausgegeben von Werner Berthel. st 586

Band 37 Wie der Teufel den Professor holte. Science-fiction-Erzählungen aus Polaris 1. st 629

Band 38 Das Mädchen am Abhang. Science-fiction-Erzählungen aus Polaris 2. st 630

Band 39 Der Weltraumfriseur. Science-fiction-Erzählungen aus Polaris 3. st 631

Band 40 Die Büßerinnen aus dem Gnadenkloster. Phantastische Erzählungen aus Phaïcon 2. Herausgegeben und mit einem Vorwort von Rein A. Zondergeld. st 632

Band 41 Herbert W. Franke, Einsteins Erben. Science-fiction-Geschichten. st 603
Band 42 Edward Bulwer Lytton, Das kommende Geschlecht. Aus dem Englischen übersetzt von Michael Walter. st 609
Band 43 H. P. Lovecraft, Die Katzen von Ulthar und andere Erzählungen. Deutsch von Michael Walter. st 625
Band 44 Phaïcon 4. Almanach der phantastischen Literatur. Herausgegeben von Rein A. Zondergeld. st 636
Band 45 Johanna Braun, Günter Braun, Unheimliche Erscheinungsformen auf Omega XI. Utopischer Roman. st 646
Band 46 Bernd Ulbrich, Der unsichtbare Kreis. Utopische Erzählungen. st. 652
Band 47 Stanisław Lem, Imaginäre Größe. Aus dem Polnischen von Caesar Rymarowicz. st 658
Band 48 H. W. Franke, Paradies 3000. Science-fiction-Erzählungen. st 664
Band 49 Arkadi und Boris Strugatzki, Picknick am Wegesrand. Utopische Erzählung. Aus dem Russischen übersetzt von Aljonna Möckel. Mit einem Nachwort von Stanisław Lem. st 670
Band 50 Louis-Sébastien Mercier, Das Jahr 2440. Deutsch von Christian Felix Weiße (1772). Herausgegeben, mit Erläuterungen und einem Nachwort versehen von Herbert Jaumann. st 676
Band 51 Johanna Braun, Günter Braun, Der Fehlfaktor. Utopisch-phantastische Erzählungen. st 687
Band 52 H. P. Lovecraft, Stadt ohne Namen. Gespenstergeschichten. Aus dem Amerikanischen von Charlotte Gräfin von Klinckowstroem. Mit einem Nachwort von Dirk W. Mosig. st 694
Band 53 Leo Szilard, Die Stimme der Delphine. Utopische Science-fiction-Erzählungen. Mit einem Vorwort von Carl Friedrich von Weizsäcker. st 703
Band 54 Polaris 5. Ein Science-fiction-Almanach. Herausgegeben von Franz Rottensteiner. st 713
Band 55 Arthur Machen, Die leuchtende Pyramide und andere Geschichten des Schreckens. Aus dem Englischen von Herbert Preissler. st 720
Band 56 J. G. Ballard, Der ewige Tag und andere Erzählungen. Deutsch von Michael Walter. st 727
Band 57 Stanisław Lem, Mondnacht. Hör- und Fernsehspiele. Aus dem Polnischen übersetzt von Klaus Staemmler, Charlotte Eckert, Jutta Janke und I. Zimmermann-Göllheim. st 729
Band 58 Herbert W. Franke. Schule für Übermenschen. st 730
Band 59 Joseph Sheridan Le Fanu, Der besessene Baronet und andere Geistergeschichten. Deutsch von Friedrich Polakovics. Mit einem Nachwort von Jörg Krichbaum. st 731

Band 60 Philip K. Dick, LSD-Astronauten. Deutsch von Anneliese Strauß. st 732

Band 61 Stanisław Lem, Terminus und andere Geschichten des Piloten Pirx. Aus dem Polnischen von Caesar Rymarowicz. st 740

Band 62 Herbert W. Franke, Keine Spur von Leben. *Hörspiele.* st 741

Band 63 Johanna Braun, Günter Braun, Conviva Ludibundus. Utopischer Roman. st 748

Band 64 William Hope Hodgson, Stimme in der Nacht. Unheimliche Seegeschichten. Deutsch von Wulf Teichmann. st 749

Band 65 Kōbō Abe, Die vierte Zwischeneiszeit. Aus dem Japanischen von S. Schaarschmidt. st 756

Band 66 Die andere Zukunft. Phantastische Erzählungen aus der DDR. Herausgegeben von Franz Rottensteiner. st 757

Band 67 Michael Weisser, SYN-CODE-7. Science-fiction-Roman. st 764

Band 68 C. A. Smith, Saat aus dem Grabe. Phantastische Geschichten. Aus dem Amerikanischen von Friedrich Polakovics. st 765

Band 69 Herbert W. Franke, Tod eines Unsterblichen. Science-fiction-Roman. st 772

Band 70 Philip K. Dick. Mozart für Marsianer. Science-fiction-Roman. Aus dem Amerikanischen von Renate Laux. st 773

Band 71 H. P. Lovecraft, In der Gruft und andere makabre Geschichten. Deutsch von Michael Walter. st 779

Band 72 A. und B. Strugatzki, Montag beginnt am Samstag. Utopisch-phantastischer Roman. Aus dem Russischen von Hermann Buchner. st 780

Band 73 Stanisław Lem, Die Ratte im Labyrinth. Ausgewählt von Franz Rottensteiner. Aus dem Polnischen von Roswitha Buschmann, Caesar Rymarowicz, Jens Reuter und Klaus Staemmler. st 806

Band 74 Johanna Braun, Günter Braun, Der Irrtum des großen Zauberers. Phantastischer Roman. st 807

Band 75 J. G. Ballard, Kristallwelt. Science-fiction-Roman. Deutsch von Margarete Bormann. st 818

Band 76 Peter Schattschneider, Zeitstopp. Science-fiction-Geschichten. st 819

Band 77 Phantasma. Polnische Geschichten aus dieser und jener Welt. Herausgegeben und übersetzt von Klaus Staemmler. st 826

Band 78 Arkadi und Boris Strugatzki, Die gierigen Dinge des Jahrhunderts. Phantastischer Roman. Aus dem Russischen von Heinz Kübart. st 827

Band 79 J. G. Ballard, Die Tausend Träume von Stellavista und andere Vermilion-Sands-Stories. Aus dem Englischen von Alfred Scholz. st 833

Band 80 Brian W. Aldiss, Der unmögliche Stern. Science-fiction-Geschichten. Aus dem Englischen von Rudolf Hermstein. st 834

Band 81 Herbert W. Franke, Transpluto. Science-fiction-Roman. st 841

Band 82 Polaris 6. Ein Science-fiction-Almanach, Herbert W. Franke gewidmet. Herausgegeben von Franz Rottensteiner. st 842

Band 83 Algernon Blackwood, Der Tanz in den Tod. Unheimliche Geschichten. Herausgegeben von Kalju Kirde. Aus dem Englischen von Friedrich Polakovics. st 848

Band 84 L. Sprague de Camp, H. P. Lovecraft. Eine Biographie. Aus dem Amerikanischen von Jörg Krichbaum. st 849 (erscheint nicht)

Band 85 Stanisław Lem, Robotermärchen. Aus dem Polnischen von I. Zimmermann-Göllheim. st 856

Band 86 Phaïcon 5. Almanach der phantastischen Literatur. Herausgegeben von Rein A. Zondergeld. st 857

Band 87 C. A. Smith, Planet der Toten. Phantastische Erzählungen. Aus dem Amerikanischen von Friedrich Polakovics. st 864

Band 88 Jerzy Żuławski, Auf dem Silbermond. Science-fiction-Roman. Aus dem Polnischen von Edda Werfel. st 865

Band 89 Arkadi und Boris Strugatzki, Fluchtversuch. Science-fiction-Roman. Aus dem Russischen von Dieter Pommerenke. st 872

Band 90 Michael Weisser, DIGIT. Science-fiction-Roman. st 873

Band 91 Rein A. Zondergeld, Lexikon der phantastischen Bibliothek. st 880

Band 92 Johanna Braun, Günter Braun, Der Utofant. In der Zukunft aufgefundene Journale aus dem Jahrtausend III. st 881

Band 93 Cordwainer Smith, Herren im All. Science-fiction-Erzählungen. Aus dem Amerikanischen von Rudolf Hermstein. st 888

Band 94 Tod per Zeitungsannonce und andere phantastische Erzählungen aus Rußland. Herausgegeben von Elisabeth Cheauré. Aus dem Russischen von Edda Werfel und anderen. st 889

Band 95 J. G. Ballard, Hallo Amerika! Science-fiction-Roman. Aus dem Englischen von Rudolf Hermstein. st 895

Band 96 J. G. Ballard, Billennium. Science-fiction-Erzählungen. Aus dem Englischen von Alfred Scholz und Michael Walter. st 896

Band 97 Stanisław Lem, Die Stimme des Herrn. Roman. Aus dem Polnischen von Roswitha Buschmann. st 907

Band 98 Thomas Owen, Wohin am Abend? und andere seltsame Geschichten. Deutsch von Rein A. Zondergeld. Mit einem Nachwort des Übersetzers. st 908

Band 99 Martin Roda Becher, An den Grenzen des Staunens. Aufsätze zur phantastischen Literatur. st 915

Band 100 Phantastische Träume. Herausgegeben von Franz Rottensteiner. st 954

Band 101 Jerzy Żuławski, Der Sieger. Ein klassischer Science-fiction-Roman. Aus dem Polnischen von Edda Werfel. st 916

Band 102 Joseph Sheridan Le Fanu, Maler Schalken und andere Geistergeschichten. Deutsch von Friedrich Polakovics. Mit einem Nachwort von Rein A. Zondergeld. st 923

Band 103 J. G. Ballard, Das Katastrophengebiet. Science-fiction-Erzählungen. Aus dem Englischen von Charlotte Franke und Alfred Scholz. st 924

Band 104 Polaris 7. Ein Science-fiction-Almanach. Herausgegeben von Franz Rottensteiner. st 931

Band 105 Lygia Fagundes Telles, Die Struktur der Seifenblase. Unheimliche Erzählungen. Aus dem portugiesischen Brasilianisch von Alfred Opitz. st 932

Band 106 Adolfo Bioy Casares, Morels Erfindung. Phantastischer Roman. Aus dem Spanischen von Karl August Horst. Mit einem Nachwort von J. L. Borges. st 939

Band 107 J. G. Ballard, Der tote Astronaut. Science-fiction-Erzählungen. Aus dem Englischen von Michael Walter. st 940

Band 108 Villiers de l'Isle-Adam, Die Eva der Zukunft. Deutsch von Annette Kolb. Mit einem Nachwort von Peter Gendolla. st 947

Band 109 Johanna Braun, Günter Braun, Das kugeltranszendentale Vorhaben. Phantastischer Roman. st 948

Band 110 Stanisław Lem, Eine Minute der Menschheit. Aus dem Polnischen von Edda Werfel. st 955

Band 111 Arkadi und Boris Strugatzki, Der ferne Regenbogen. Eine utopische Erzählung. Aus dem Russischen von Aljonna Möckel. st 956

Band 112 Josef Nesvadba, Die absolute Maschine. Science-fiction-Erzählungen. Aus dem Tschechischen von Erich Bertleff. st 961

Band 113 Adolfo Bioy Casares, Die fremde Dienerin. Phantastische Erzählungen. Aus dem Spanischen von Joachim A. Frank. st 962

Band 114 Jerzy Żuławski, Die alte Erde. Science-fiction-Roman. Aus dem Polnischen von Edda Werfel. st 968

Band 115 Robert Plank, George Orwells »1984«. Eine psychologische Studie. Deutsch von Leopold Spira. st 969

Band 116 J. G. Ballard, Die Dürre. Science-fiction-Roman. Aus dem Englischen von Maria Gridling. st 975

Band 117 Mihály Babits, Der Storchkalif. Phantastischer Roman. Einzig berechtigte Übertragung aus dem Ungarischen von Stefan J. Klein. st 976

Band 118 Walter de la Mare, Aus der Tiefe. Seltsame Geschichten. Aus dem Englischen von Traude Dienel. st 982

Band 119 Johanna Braun, Günter Braun, Die unhörbaren Töne. Utopisch-phantastische Erzählungen. st 983

Band 120 Erckmann-Chatrian, Das Eulenohr und andere phantastische Erzählungen. Aus dem Französischen von Hilde Linnert. st 989
Band 121 Herbert W. Franke, Die Kälte des Weltraums. Science-fiction-Roman. st 990
Band 122 Stanisław Lem, Phantastik und Futurologie I. Autorisierte Übersetzung aus dem Polnischen von Beate Sorger und Wiktor Szacki. st 996
Band 123 Marianne Gruber, Die gläserne Kugel. Utopischer Roman. st 997
Band 124 Stanisław Lem, Waffensysteme des 21. Jahrhunderts. Aus dem Polnischen von Edda Werfel. st 998
Band 125 Stanisław Lem, Das Katastrophenprinzip. Die kreative Zerstörung in der Natur. Aus dem Polnischen von Friedrich Griese. st 999
Band 126 Stanisław Lem, Phantastik und Futurologie II. Aus dem Polnischen von Edda Werfel. st 1013
Band 127 J. G. Ballard, Der vierdimensionale Alptraum. Science-fiction-Erzählungen. Aus dem Englischen von Wolfgang Eisermann. st 1014
Band 128 Svend Åge Madsen, Dem Tag entgegen. Utopischer Roman. Aus dem Dänischen von Horst Schröder. st 1020
Band 129 Peter Schattschneider, Singularitäten. Ein Episodenroman im Umfeld Schwarzer Löcher. st 1021
Band 130 Über H. P. Lovecraft. Herausgegeben von Franz Rottensteiner. st 1027
Band 131 Antoni Słonimski, Der Zeittorpedo. Phantastischer Roman. Aus dem Polnischen von Klaus Staemmler. st 1028
Band 132 Jean Ray, Die Gasse der Finsternis. Phantastische Erzählungen. Aus dem Französischen von Willy Thaler. st 1034
Band 133 Gerd Maximovič, Das Spinnenloch und andere Science-fiction-Erzählungen. st 1035
Band 134 Guy de Maupassant, Die Totenhand und andere phantastische Erzählungen. Aus dem Französischen von Walter Widmer und anderen. st 1040
Band 135 H. P. Lovecraft und andere, Das Grauen im Museum und andere Erzählungen. Ausgewählt von Kalju Kirde. Aus dem Amerikanischen von Rudolf Hermstein. st 1067
Band 136 Martin Roda Becher, Hinter dem Rücken. Phantastische Erzählungen. st 1041
Band 137 Phantastische Welten. Herausgegeben von Franz Rottensteiner. st 1068